追放されたので、今さら家には戻りません！
～捨てられ幼女は聖女のチートで
もふもふとご飯を作って暮らします～

桜井悠

目次

CHARACTER
人物紹介
クールな
イケメン竜騎士
ルーク
竜騎士。森の中で倒れていたところを
リナリアに助けられ、
次第に距離を縮めていく。
リナリアのことを妹のように可愛がっている。
クールでカタブツだが、人一倍
リナリアの面倒をみてくれる。
もふもふ聖獣
フォルカ様
行き場なく森で困っていた
リナリアを拾ってくれた聖獣。
リナリアにとっては父親のような存在。
子狐のコンと一緒にいる。
転生幼女
リナリア
前世は不幸なOL。
異世界に転生した後も
家族の愛を知らず、森に捨てられてしまう。
すると本人も知らなかったチートが開花して…。
特技は料理。現在9歳だが、
まともに栄養をとっていなかったため、
5～6歳程度の幼い見た目。
人懐っこい子狐
コン
傷を負い森で弱っていたところを
リナリアに助けられる。
子狐亭のマスコット的存在。

TUIHO SARETANODE
IMASARA IE NIHA MODORIMASEN!

追放されたので、今さら家には戻りません！

捨てられ幼女は聖女のチートでもふもふとご飯を作って暮らします

リナリアを捨てた家族
マリシャ
両親を亡くしたリナリアが預けられた叔母夫婦の娘。意地が悪く自尊心が高い。聖女として王宮へ上がることになるが…。

正体不明の美少年
エル
ルークとともに、メルクト村に向かう途中でリナリアと出会う。貴族のような佇まいだが、正体は不明。小鳥のフィルを連れている。

聡き小鳥
フィル
シマエナガのような白い小鳥。尻尾や羽の先端は青く染まっている。いつもエルと一緒。人間の言葉を理解しているようで…。

王の次に尊い貴人
ウィルデン王太子
王位継承権第一位の次期国王。金の髪に緑の瞳の美しい青年。聖女として王宮に暮らすマリシャの力を信じ、支持している。

リナリアの心のオアシス
ゼーラ
一人ぼっちのリナリアを助けてくれる優しいお婆さん。世話好き。対人恐怖症だったリナリアもゼーラには心開いていく。

ルークの恩師
ヤークト師匠
リナリアが住んでいる家の前の住人。優れた魔術の使い手でルークの師匠であったが、モンスターの氾濫によって命を落とす。

It is thrown away,
and the little girl makes a MOFUMOFU
and rice and lives.

序章「ちょっといいことがあったと思ったら」

目の前の光景は一体なんなのだろう？

動揺する私の手から、ケーキの箱が滑り落ちていった。

ぐしゃり、と。

箱がひしゃげる音と一緒に、私の心も潰《つぶ》れてしまったようだ。

「どういう、こと、なの……？」

唇が震え、上手く言葉を吐き出せなかった。

靴下ごしに触れたフローリングの床が冷たくて、全身の熱が奪われていくようだ。

私、高瀬里奈《たかせりな》が今いるのは、婚約者である和樹《かずき》のマンションだ。

玄関で見慣れない女物の靴を確認した時から、嫌な予感はしていた。

そしていざ、リビング兼ダイニングへの扉を開けたところで、私は固まってしまった。

「……どうして和樹が、紗香《さやか》と一緒にいるの？」

指を絡ませソファに腰かけて。

恋人同士のように身を寄せ合うふたりを凝視していると、和樹が気まずそうに口を開いた。

「どうして、はこっちのセリフだ。おまえ今日、バイトで遅くなるんじゃなかったのかよ……？」

序章「ちょっといいことがあったと思ったら」

「っ……‼」

視界が揺れる。

ぐらぐらと回る。

吐き気と一緒に、腹の底から悲鳴にも似た叫びが飛び出してきた。

「私がいない間に、紗香と何してるの⁉」

「きゃっ⁉」

「っちっ！　叫ぶなよ、里奈。紗香が怯《おび》えてるだろう⁉」

和樹が舌打ちし、紗香の肩を抱き寄せている。

まるで、私から紗香を庇《かば》うかのようなその仕草に。

心のどこかがひび割れていくのを感じた。

婚約者である和樹と、半年前まで勤めていた会社の後輩の紗香。

見知ったふたりの顔が、今はまるで知らない相手に見えて仕方なかった。

「……和樹、教えて。どうして紗香と……。浮気してるの？　私たち、結婚しようって、そう約束して婚約してたはずだよね？」

和樹と出会ったのは高校時代のことだ。

二年、三年とクラスが同じで、音楽の趣味も似ていて、気が付けば仲良くなっていた。

恋人になってから七年間。社会人になってからは忙しく、会えない時間も多かったけれど、ゆくゆくは結婚しようと約束していたはずだ。

「……あんなのはただの出まかせの言葉だ」

「何度も言っていたのに、全部嘘だったの……？」

和樹に視線をそらされてしまった。

気まずそうに、言い訳するようにチラチラとこちらを見ている。

「あれは、その……おまえの機嫌を取るために言ってただけだ。ほら、だってそうだろ？　俺、おまえの家族にはひと言も、婚約するなんて言ってないだろう？　だから俺たち、別に婚約してないというか、その、社会的な義務とか、賠償金なんかも発生しないはずだ」

「っ……！」

私は唇を噛みしめた。

和樹の言っていることは本当だ。

私の両親は早くに亡くなっていて、育ての親の親戚とも疎遠になっている。

恋人だった和樹は、当然そんな私の身の上話を知っていた。私に頼れる家族がいないと知っていたからこそ、婚約の件について有耶無耶《うやむや》にしようとしているのだ。

「最低……」

「っ、なんだよっ……‼」

ぽつりとつぶやくと、和樹の顔色が赤くなっていく。

「だいたいおまえ、勘違いすんなよ‼　俺の本命は紗香で、おまえの方が浮気相手だっ‼」

「私が浮気相手……」

心に走った亀裂が、ひび割れ深くなっていくのを感じた。

粉々に潰れて崩れて。

和樹への愛情が怒りと憎しみ、そして虚しさへと変わっていった。

「……いつからなの？　いつの間に、私に隠れて紗香とつきあってたの？」

「別にいつだっていいだろ⁉　おまえだって、俺に隠してることあったじゃねーかっ‼」

「隠し事……？」

さっぱり心当たりがなかった。

もちろん和樹にだって、心の中全てを打ちあけていたわけじゃないけれど。

人に責められるような隠し事は、私には何も無いはずだ。

「すっとぼけるな！　隠したって無駄だ‼　おまえ、俺のこと頼りないだの気に食わないだの、散々愚痴を会社でまき散らしてたんだろう⁉」

「してない。そんなこと私してないよ」

「嘘つけ‼　おまえが俺のこと貶《けな》してるって、紗香が心配して忠告してくれたんだ‼」

「紗香が……あぁ、そういうこと……」

ため息をつき、私は脱力してしまった。

会社の後輩だった紗香は、私を介して一度だけ、和樹に会っただけの関係のはずだ。

そんな紗香がどうやって、和樹の恋人になったのか疑問だったけれど、わかれば簡単なことだった。和樹へと相談するフリをして近づき親密になり、私との仲を引き裂いたのだ。

「和樹は恋人の私のことより、紗香のことを信じて選んだのね」

「わ、私そんなつもりはっ……‼」

紗香が顔を青くし弁明した。

怯えた表情だが、瞳の奥にはこちらを見下すような色が見え隠れしている。

「私はただ、和樹さんが心配だったんです。里奈さんに会社で言われたこと、私はとても辛かったし、和樹さんは会社で里奈さんが何をしているか、知らなかったみたいだったから……」

「私が会社で……？」

「まだしらばっくれるつもりか？」

和樹が軽蔑を宿した瞳で、私を睨《にら》みつけてくる。

「おまえ、後輩の紗香のこと、虐《いじ》めまくってたんだろう？　会社をクビになったのも、虐めがバレたからだって聞いたぞ」

「違うよ。私がクビになったのは、会社の経営が傾いて人員整理があったからって言ったよね？

紗香のことを虐めてなんていないわ」

むしろ私は、紗香を助けていたはずだ。

紗香は仕事ができるとは言えないタイプで、私は彼女のフォローに奔走していた。元からブラック気味な会社だったけれど、紗香の指導役になってからはますます忙しくなっている。そのせいで和樹との間にも溝ができ、紗香に付け込まれてしまったようだ。

「人員整理で真っ先に候補にあがるってことは、おまえに何か問題があったってことだろ。紗香を虐めてたこと、会社の人間も気づいてたんじゃねーのか？」

「誤解よ。繰り返すけど、私は紗香を虐めてなんかいないわ」

反論しつつも、私は半ば諦めていた。

私がクビ切り対象になった原因のひとつは紗香だ。

彼女のフォローに時間を取られ、自分の業務が滞りがちになってしまっていた。

もちろん私だって上司に何度か訴えていたけれど、上司の多くは紗香の味方だった。

美人で甘え上手の紗香は、男性からの受けがとても良いタイプだ。和樹もすっかり紗香を信用しているようで、今更私が何を言おうと無駄なようだった。

「……言いたいことはそれだけか？」

黙り込んだ私に、和樹が鼻を鳴らした。

「おまえはもう、俺の恋人でも婚約者でも何でもないんだ。これ以上紗香を怯えさせないよう、さっさとここから出ていってくれ」

☆☆☆☆☆

「これからどうしよう……」

言葉と共に吐き出した、白い息が空気へと溶けていった。

和樹のアパートを飛び出してから、何かを考えるでもなく歩いて。

気が付いた時には、近くにある公園へと来ていた。

ちか、ちかと。

電灯が瞬《またた》き、地面に私の影を落としている。

女のひとり歩きは危ない。早く帰らなきゃ。

そう思っても足は、鉛をくくりつけられたように重かった。

「はぁ………」

ため息と一緒に、体の重さも何もかも、消えてなくなってしまえばいいのに。

後ろ向き思考を全開に、体の前の手すりを握り込んだ。

公園は高台に位置していて、手すりの向こうはちょっとした崖になっている。

ぼんやりと夜景を見下ろしながら、虚《うつ》ろに過去を思い出す。

私、高瀬里奈はなかなかに運が悪かった。

一番の不幸は、両親がふたりまとめて事故に遭い、帰らぬ人となってしまったこと。

残された十歳の私を引き取ってくれたのは父方の親戚だ。

両親の保険金があったから、金銭的な迷惑はかけていないはずだけれど、やはり肩身は狭かった。

家庭に入り込んできた異物。私のことを厄介に思っているのは明白で、社会人となった今はもうほとんど、顔を合わせない関係だ。

親戚にこれ以上迷惑をかけないようにと、私は就職活動を頑張った。

頑張ったけれど、それでも結果はついてこなかった。

第一志望の会社の面接日の当日、高熱の出る風邪をひいてしまって。

別の日には面接会場へと向かう電車が遅れたりと、なにかと私は不運続きだった。

「それでもどうにか地元の会社から内定が出て、働いて暮らしていたんだけどな……」

その会社も今や元職場になり、再就職先を探す生活だ。

バイト代は家賃と生活費に消え、貯蓄も底をついている。

職無し、貯金無し、恋人も無し。

無い無い尽くしだった。

「……ははは、あははは、は、は…………」

もう笑うしかなかった。

瞳は乾いたまま。何かと不幸が多かった人生のせいで、私の涙腺は固くなっていた。

泣きたいような、泣かなくて良かったような。

よくわからないまま笑っていると、

「おいあんた」

「ひっ⁉」

肩を叩かれ振り向くと男性がいた。

金色に髪を染めていて、いかにも柄が悪そうだ。

思わず固まっていると、男性が眉を寄せた。

「飛び降りはやめとけ。早まるんじゃねーよ」

「あ……」

崖を前にしてひとり、乾いた笑い声をあげていた私。

自殺志願者ではないかと、勘違いされてしまったようだ。

「まぎらわしくてごめんなさい。夜景を見ていただけです」

「夜景を？　あの顔でか？」

ずいぶんと私は、酷《ひど》い顔をしていたらしい。

男性は肩から手を外しつつも、心配そうにこちらを見ている。

柄の悪い見た目につい警戒してしまったけど、どうやら優しい人のようだ。

誤解してしまい申し訳なかった。

「なんか思い詰めてるみたいだけど、本当に大丈夫か？」

「……大丈夫です」

話しているうちに、少し気分がマシになってきた。

見ず知らずの私を気遣ってくれた男性。

人の善意に触れ、人生捨てたものじゃないな、なんて、そんな言葉が思い浮かんだ。

「嫌なことがあって落ち込んでいたけど、夜景を見ていたら楽になってきました」

空元気も元気のうち。

私は明るい声を出すと、夜景を見下ろし口を開いた。

「町の灯り、綺麗ですよね。特にここらへんからの眺めがいいです」

手すりに体重をかけ少し身を乗り出すように、町を見下ろしたところ。

ばきん、と。

何かが砕ける音がして。

「なっ⁉」

傾《かし》ぐ体。

驚いた男性の声と浮遊感。

こちらに伸ばされる手、届かなくて。

「～～～～～っ‼」

全身に衝撃、暗転する視界。

体がこなごなになった様に痛くて、しかしすぐに何も感じなくなってしまう。

死ぬ。


理解できてしまった。

手すりが私の体重を支えられず折れ、崖から落ちてしまって。

もう助からないのだと、薄れゆく意識の中で感じていた。

……私、最後まで、とことんついてないなぁ。

不運続きの人生で……。

あぁ、でも、こちらを心配してくれた、親切な男性を巻き込まなかったのは幸運だったかもしれない。

「…………」

声は出ず息もできない。なのに苦しくなくて、何もわからなくなっていく。

暗くくらく、全てがとおくなっていき、

――――その日私は、命を落としたのだった。

第一章　「捨てられて拾われたようです」

「んんっ……」

ぼんやりとした意識に、微《かす》かな水音を聞いた気がする。

息を吸うとむせそうなほどの、濃密な緑の気配を感じた。

「え、私……」

呼吸をしている。声が出ている。

崖から落ちて死んだんじゃなかったっけ？

混乱しつつ恐る恐る、私は瞼《まぶた》を持ち上げた。

「……森だ……」

視界いっぱいに、木々がそびえ立っている。ずいぶんと大きな木で、うんと見上げないと、てっぺんが見えなかった。

崖の下に、こんなにたくさん、立派な木は生えていなかったような……。

疑問に思いながらも、私は地面へと手をついた。

どうやら、木の幹にもたれかかるようにして気絶していたようだ。

立ち上がり、周囲を見回そうとしたところで、

「近い？」

強い違和感。立ち上がってなお、地面までの距離が近すぎる。

まるで小さな子供が見ている視界のようだ。

「どういうこ……っ‼」

目まいと共に、私は再び座り込んだ。

私は、そう、私は。

ふらつく頭を抱えながら、私はよろよろと立ち上がった。

小さく聞こえる水音。小川へと向かい歩き、流れの緩やかな川面を覗き込んだ。

細い手足、赤味がかった金髪。こそげた頬とこぼれそうに大きな琥珀色の瞳。

「私はリナリア。この前、九歳になったばかり……」

スポンジに水が染み込むように。

私の記憶が――リナリアとしての人生が、頭に蘇ってきた。

「そうだ、私、おじさんに捨てられたんだ」

途方に暮れ呟《つぶや》く。

思い出した過去は、うなだれるしかないもののようだ。

☆☆☆☆☆

高瀬里奈だった私は、リナリアとして生まれ変わった。

里奈とリナリア。前世と今世で名前が似ているのは偶然なのか、何か意味があるのか。私にはわからないし、聞けそうな相手も既にいなかった。

私が三歳の時、両親はモンスターに殺されてしまったらしい。

モンスター、そう、モンスターだ。

生まれ変わったここは、どうやら地球とは違う世界のようで、当たり前にモンスターが存在している。建物や服装、食事なんかは昔のヨーロッパに似ている気がするけれど、行動範囲が限られていたのでよくわからなかった。

孤児となった私は、母方の叔母夫婦に自由を制限されていたのだ。

「こき使われてたよね、私……」

朝一番に井戸へ水汲みに行き、眠るのは家で一番遅い生活。ひとつ年上の、叔母夫婦の娘マリシャと比べても食事量はずっと少なかった。

空腹でミスをすればぶたれ、ミスをしなくても罵《のの》られる。理不尽な毎日に、けれど疑問を抱くことさえなく、ただ言いつけられる仕事をこなしていたのだ。

叔母夫婦は私を嫌っていたし、その娘も私を馬鹿にしていた。唯一まともに会話があったのは、私が子守をしていた、ふたつ年下の叔母夫婦の息子ユアンくらいだ。

「村の人たちも、見て見ぬフリだったもんね」

叔母夫婦は村の中では裕福で、強い発言力を持っている。そんな彼らの機嫌を損ねないよう、村人たちも私に冷たかった。友人はもちろん、知人と呼べる相手もいない。誰とも目を合わせないよう、こそこそと背中を丸め生きていた。

「生まれ変わっても不運って、もしかして呪われてるの……?」

ありえない話じゃなかった。

この世界には、魔術が存在している。私は見たことはないけれど、村の人たちが魔術師の噂をしていたなぁと思っていると、ぐぅぅとお腹が音を鳴らした。

丸一日、私は何も口にしていない。

食事も無く徹夜で働かされた後、おじさんに馬車に乗せられ、薪拾いをして来いと森に放り出された。薪を集めるうち疲労と睡魔が限界に達し、気絶するように眠り込んだ。

そして目を覚ますと、おじさんの姿はどこにも見当たらなかった。

森の中ひとり呆然と座り込んでいたところ、強い混乱と不安が引き金となったのか、前世の記憶が蘇ったようだ。

「捨てられた……」

胸の奥で、心臓がちぢこまった気がする。

心臓が小さくなった隙間に、冷たさがじわじわと染み込んでくる。

捨てられて、死を望まれたことに気づいて。

体が震えるのを止められなかった。

「っ……！」

きゅっと唇を結んだ。

良かった、涙は出ていない。

食事を抜かれるのもぶたれるのも、嫌われるのも慣れっこだ。

大丈夫、辛くても大丈夫。私はまだ生きている。死んで終わりのはずが、なんの偶然か前世を思い出し助かった。

高瀬里奈としての二十数年の記憶は、私に知恵と落ち着きを与えてくれたようだ。

おかげで泣きわめき、体力を消耗することは避けられそうだった。

「……川を見つけられたのは、かなりラッキーだよね」

川面を見つめ、震えを誤魔化すように呟く。

今は夕方。このまま何もしなければ、明日の朝には死んでいるかもしれない。

森の中、着の身着のまま、空腹を抱えた九歳の私。

泣きたいけれど泣けない。泣かない。絶望から目を逸らし、どうにか生き延びる術を考えよう。

「とりあえず水があれば、三日くらいは大丈夫だよね……？」

生水を飲むのは怖いけれど、他に選択肢は無かった。

ここは住んでいた村から馬車に揺られ数時間、更に馬車を降り森に入ってからも一時間以上歩いた場所だ。土地勘はなく、外へ向かう道筋はわからない。モンスターや何か危険な生き物がいるかも、何もかもわからないことだらけの場所だ。

「……そう簡単に帰ってこられる場所に、私を捨てるはずはないよね」

考えれば考えるほど、嫌なことしか思い当たらなかった。

普段とは違う場所で薪拾いを命じられた時から、嫌な予感はしていた。が、疲労と空腹に鈍った体で追いすがる気力は無く、ただ命じられるままに動いてしまったのだ。

「そういえばどうして私、捨てられたんだろう……」

口減らしだろうか？

でも、今年は凶作では無かったし、叔母夫婦はそこそこ豊かだったはずだ。

気に食わないから、目障りだからと捨てられた。……それが一番ありそうだった。

「捨てるにしても、せめて町に捨ててくれれば良かったのに」

空腹に鳴るお腹をなだめながら、何か食べられるものはないかと琥珀色の瞳で周囲を見回す。

川から離れすぎないよう気を付けつつ、しばらく探索を続けていると、

「血……？」

微かに鉄さびに似た匂いを感じた。

傷を負い狂暴になった動物と遭遇してはたまらない。

注意しつつ進む私の耳に、小さな鳴き声が聞こえてきた。

「……子犬？」

小さな動物が、茂みの陰にうずくまっているようだ。

私の足音に気が付いたのか、動物は顔をあげた。

「きゅう……」

小さな瞳が、じっとこちらを見上げる。

子犬……いや、たぶん、狐の子供だ。右の前足から血を流し、ぐったりと体を伏せている。

痛そうでかわいそうだけれど、今の私に助ける余裕はなかった
顔を背け遠ざかろうとしたところで、

「……余裕はないけど、でも……」

後ろ髪を引かれ振り返ると、子狐は心細そうにこちらを見ている。

捨てられた私と似た、見捨てないで、と訴えかけるようなふたつの瞳。

無視することができず、子狐の元へ戻りしゃがみ込んだ。

「足、ちょっと見せてね」

刺激しないよう、ゆっくりと傷を確認していく。

子狐は大人しくしている。人馴れた様子で、どこかで飼われている子なのかもしれない。

傷の周りの泥をはらい、スカートを割いた即席の包帯を巻いてやる。

ほどけないよう、しかしきつすぎもしないように。

包帯に指を当て調節し、無事に治りますようにと祈っていると。

「えっ？」

指が光った。

何これ。それに温かい？

包帯に触れた私の指から、光と熱があふれ出していた。

「こんっ！」

「わっ！　もう大丈夫なの？」

子狐が立ち上がり、包帯を前足で引っ掻いている。

まさかと思い包帯をほどくと、傷口は既に塞がっていた。

「これ、私がやったの……？」

「ここんっ‼」

肯定するように子狐が頷《うなず》いている。

もしかしてこの子、私の言葉がわかるの？

この世界の狐は賢いのかもしれない。

「わっ！」

ぺろぺろと、子狐が手を舐めてくる。

温かくて、指先に当たる舌がくすぐったかった。

「ふふ、お礼のつもりかな？」

人懐っこい子狐を撫でてやる。

頭は小さくて、今の私の掌にぴったりの大きさだ。

撫でやすいように、ぺたりと耳を横へ倒してくれている。

かわいい。

金茶の毛並みはふわふわ。柔らかさにうっとりとしてしまう。ぱたぱたと大きな尻尾が振られ、手をかすめる感触が心地良かった。

「癒される……」

子狐のぬくもりに、捨てられて縮こまっていた心がほぐれていった。

小さい動物は好きだ。

前世も今世も動物を飼う余裕は無かったけれど、今は愛犬家の気持ちがよくわかった。

温かな体ともふもふとした毛並は、それだけで何よりの癒しだ。心の電池を充電させてもらうと、私はスカートをはらい立ち上がった。

「ありがとう。でも私、そろそろ道と食料を探しに行くね」

子狐に手を振り歩き出す。

さくさく、とてとて。

さくさく、とてとて。

「……ついてくるの？」

草を踏む私の靴音を、子狐の足音が追いかけてきた。

私が立ち止まると、子狐も足を止める。

振り返ると子狐が、ふわりと尻尾を振ってきた。

「かわいい……！」

小さな四本の足をちょこちょこと動かす子狐を見ていると、空腹も忘れそうだ。

……癒しは大事だよね？

「良かったら、私と一緒に来てくれる？」

「きゅっ！」

問いかけると、子狐が横に並び足を進めた。

ひとまずはついてきてくれるようだ。ひとりと一匹で歩きつつ、私は質問を投げかけてみた。

「そういえばあなた、お母さんかお父さんは近くにいないの？」

「こん？」

子狐が首を傾げた。

質問の意味がわからないのか、あるいはやはり、言葉はわからないのだろうか？

考えつつ、他にも気になることを聞いてみた。

「この森の名前や、外に出る道を知ってる？」

「きゅうぅ……」

「そっか。わからないか。じゃあもうひとつ、さっき私の指から出た光が何だっ――」

「きゅっ！」

「わっ⁉」

子狐が鋭く鳴き、スカートの裾をくわえ引っ張った。よろけ転びそうになってしまう。

「何、いきなりどうしたの……？」

子狐の尻尾がぶわりと、ひと回り以上大きくなっている。

四肢をふんばりうなり声を上げながら、木立の一方向を睨《にら》みつけている。

嫌な予感。

息をひそめ木立を見ていると、ギラリと何かが光った。

「ひっ……！」

ふたつの赤い瞳が、木陰の闇からこちらに向けられている。

音も無く茂みをかきわけ、黒い獣が近づいてきた。

狼のような顔つきだが、首の回りにはライオンのようなたてがみ。大きさは牛や馬くらいありそうだ。

「こ、来ないでっ……！」

声が震える。足も震えた。膝が崩れ座り込んでしまった。

「いやっ‼　あっちいって‼」

足元の石を投げつける。

運良く相手に当たるも、全く効いていないようだ。

赤い瞳は瞬《まばた》きもせず、ギラギラとこちらへ向けられている。黒い獣は子狐の威嚇も気にせず、涎《よだれ》を垂らし距離を詰めてきた。

「っ……！」

駄目だ。助からない。

目を閉じることもできず、獣の牙が迫ってきて――――

「ぎゃうんっ‼」

――――濁った悲鳴が聞こえた。

黒い獣の首元に、大きな金茶の獣が食いついている。

金茶の獣は黄金色の瞳を光らせ、黒の獣のたてがみへと牙を立てているようだ。傷口からは血の代わりに、何か黒いモヤのようなものが漏れ出している。

地面へと引き倒された黒い獣は、でたらめに手足を動かしていた。しかし長くは続かず、一度大きく痙攣するとと動かなくなってしまう。体の端から輪郭が滲《にじ》んでいき、空気へと溶けるように消えていった。獣のいた場所にはただひとつ、黒い石が転がっているだけだ。

「た、助かった……？　あいたっ！」

立ち上がろうとして尻もちをついてしまう。

腰が抜けてしまったようだ。座り込んでいると、静かに金茶の獣が近づいてきた。

「綺麗……」

体は滑らかな金茶の毛に包まれていて、すらりとした四本の足が伸びている。

頭のある高さはたぶん一メートルくらいだ。頭部には一対の三角形の耳。顔は細長く狐に似ているが、こんなに大きな狐を見るのは初めてだった。

どこか神々しささえ感じる狐を見上げていると、

《小娘。おまえはここで何をしているのだ？》

「はひっ？」

口から間抜けな声が飛び出した。

え、待って。待って待って。ちょっと待ってよ。

「……この世界の狐って喋れるの……？」

ぽかんとして呟くと、すぐに声が返ってきた。

《狐ではない。聖獣だ。畏れ敬《うやま》うがいい》

「聖獣……様？」

よくわからないが、とりあえず敬称をつけて呼んでみる。

《うむ。良い心がけだ小娘。我への敬意を表すその姿、幼いながら天晴であるぞ》

「ありがとうございます……？」

狐、もとい聖獣様に褒められてしまった。

なんていうか文字通り、狐につままれた気分だ。

呆然としていると、胸元がもぞもぞと動いた。子狐だ。いつの間にか、胸元へもぐり込んでいたようだった。

「こんっ！」

私の腕から飛び出した子狐が、聖獣様へとかけよっていく。

嬉しそうに体をすり寄せ、足に頭をこすりつけていた。

「聖獣様は、その子のお父さんなんですか？」

《違う》

「ではもしかして、お母さん？」

《なぜそうなる？》

聖獣様はどこか憮然とした声で答えた。

頭の中に直接響くような不思議な声。低く滑らかで、性別があるなら男性なのかもしれない。

「失礼しました。聖獣様は、その子の仲間なんですか？」

《そのようなものだ。そやつがはぐれてしまった故、探しに来たところだ》

「そうだったんですね。合流できて良かったです」

これでひとまず、子狐、いや、小さい方の聖獣様の身の安全の心配はせずに済みそうだ。

聖獣様（小）は聖獣様（大）によく懐き、安心した様子だった。

微笑ましく思い見ていると、聖獣様（小）が再び足元へやってくる。

「きゅこんっ！」

《ほう。そやつが人間に懐くとは珍しいな》

「たぶんさっき、傷を治してあげたからだと思います」

《……おまえが傷を？》

「はい。右前足を負傷していたので手当をしたら指がぽうっと光って、この子の傷が無くなったんです。たぶん、治癒魔術《ヒールマギカ》が発動したんだと思います」

治癒魔術というのが、この世界には存在すると聞いていた。そう考え説明したのだが、聖獣様（大）は瞳を細め黙り込んでいる。

「あの、聖獣様、どうかなさいましたか？」

《……なんでもない。褒美は何がいいかと、少し考えていただけだ》

「褒美？」

《おまえのおかげで、そやつは大事に至らなかったようだからな。望むものがあれば言ってみるが

いい》

おおっ、太っ腹！

思いがけない申し出に私は舞い上がって、

「きつねうどんが食べたいです！」

気が付けばそう叫んでいた。

ひもじいお腹、目の前には狐によく似た聖獣様。

連想ゲームの結果半ば反射的に、本能に従い叫んでしまっていた。

私の望みを駄目押しするように、ひと際大きくお腹が鳴ってしまう。

《キツネウドン……？　おまえよもや、狐を食べたいというのか？》

「あ、それは違います。狐の好物だって言われている、油揚げがのったうどんのことです」

《そのウドンとやらは一体なんなのだ？》

あ、そっか。

こっちの世界じゃそもそも、うどんが存在していないのか。

無茶なお願いをしてしまったようだ。

《まぁ良い。小娘、おまえが腹を空かせているのはよくわかった。何か人間でも食べられる木の実を持ってくるから、ここでしばらく待っているが良い》

助かった！

これでひとまず、飢え死には避けられそうだ。

背中を向け歩き出そうとする聖獣様（大）に、私はお礼を告げた。

「ありがとうございます聖獣様！　それとあと……」

《どうした？　他に何か言いたいことがあるのか？》

「良ければお名前を、教えてもらうことはできますか？」

いつまでも聖獣様（大）、じゃ少しややこしいものね。

《……フォルカだ。フォルカ様と呼ぶがいい》

「はい、フォルカ様！　帰りをお待ちしていますね！」

いってらっしゃい、と。

そう言って手を振った私のことを、フォルカ様が振り向きじっと見つめていた。

「フォルカ様、どうかしたのですか？」

《……珍しい。おまえは私を恐れないのだな》

「……申し訳ありません」

初対面の、しかも聖獣であるフォルカ様に、馴れ馴れしくしすぎたかもしれない。

反省していると、小さく笑うような気配がした。

《咎《とが》めたわけでは無い。ただ、思ったところを告げたまでだ。おまえが我に、謝意と敬意を抱いているいることは理解している。我は心が広いからな》

フォルカ様は告げると、尻尾をひと振りして木立の隙間へと消えていった。

「……もしかして、あの尻尾、私が手を振ったのに返してくれたのかな？」

どうやらフォルカ様は優しい聖獣のようだ。

子狐そっくりの聖獣様（小）を引き連れ、森へと食料探しに行ってくれたのだった。

☆☆☆☆☆

《持ってきたぞ。好きに食べるが良い》

しばらく待っていると、フォルカ様が戻ってきてくれた。

フォルカ様は器用に、果実のついた枝を何本かくわえている。口は塞がっているが、どうやら声はテレパシーのようなものらしく、問題無く私に届いていた。

「美味しそう……！」

口の中に涎が出てきた。

色といい形といい、リンゴによく似た果実だ。ただしふたつでひと組、サクランボのような形で枝についている。大きさも少し、リンゴにしては小さい気がした。

《双子ベリーと呼ばれる果実だ。人間が口にしても問題ない》

「ありがとうございますっ‼」

さっそく恭《うやうや》しく、フォルカ様から双子ベリーをひと組受け取る。

手にするとずっしりと、実が詰まっているのがわかった。

「いただきます！」

甘酸っぱい香りを吸い込み、口へと運んでいって――

《待て、小娘。少し待て。洗いもせず食べては、腹を壊すかもしれないぞ》

「……あっ」

双子ベリーにかじりつく寸前。

動きを止め、私は赤くなった。

空腹に負け、人間としての知恵とか慎みとか、色々とすっぽ抜けていたようだ。

「……川で洗ってきますね」

歩き出すとフォルカ様たちもついてきた。見守ってくれるようだ。

水音を頼りに川にたどり着き、ざぶんと双子ベリーを沈める。軽く表面をこすって、汚れを落としていった。

「こんなもんかな？」

水からあげた双子ベリーは、ツヤツヤととても美味しそうだ。

お腹を鳴らしかぶりつこうとすると、

《待て。もうひとつやっておくことがある》

再びフォルカ様の制止が入った。

《人間は脆弱《ぜいじゃく》な生き物だ。ちょっとしたことで腹を壊し、翌日には冷たくなっている》

「うっ……！」

その通りだった。

腐敗に細菌。野生に実っている果実に、安全は保障されていなかった。

「……危ないかもしれないけど、今の私は食べないと死んじゃいます」

《だろうな。だからこそ少しでも危険を減らすため、魔術で浄化しておくといい》

「浄化……？」

そんな便利な魔術があるのか。初耳。もちろん私は使えなかった。

《おまえは先ほど指から光を、つまり魔力を出しそやつの傷を癒しただろう？　それと同じ要領で双子ベリーを魔力で包み、呪文を唱えるといい》

「なんて唱えればいいんですか？」

《おまえは人間だから、『光よ、害あるを拭い不浄を清めたまえ』とでも唱えろ》

「わかりました」

私は頷くと、双子ベリーを手に集中した。

光、魔力、指先、集めて包み込んでいく。

ほのかに温かい光を感じながら、教わった通り呪文を唱えた。

『光よ、害あるを拭い不浄を清めたまえ！』

一瞬、光が強く輝き、魔術が発動したようだ。

見ただけでは効果のほどはわからないけれど、これで多少は安全になった……はず。

「いただきます」

しゃくり、と。

双子ベリーの表面に歯を立てる。薄い皮を破ると、中から果汁があふれてきた。

「……!!」

夢中になりかぶりついていく。

止まらない。止められない。

しゃくしゃくと音を立て、果実の甘酸っぱさが口の中を満たしていった。

あぁ、美味しい。美味しくてたまらないや。

砂漠でオアシスを見つけたように、果実の恵みを存分に楽しむ。

中心部には種と一緒に蜜のようなものが固まっていて、ひと際甘く舌で蕩《とろ》けていった。

「……美味しかったぁ」

うっとりと呟く。

飢えた体に、果実の甘さが染み込んでいくようだ。前世も合わせて今ほど、美味しいと感動したことはなかったかもしれない。

《美味か。よい、よい。あといくつか持ってきたから、余さず腹に入れておくといい》

「はいっ！」

頷くと足元にいた聖獣様（小）が、次の果実の枝をくわえ私に渡してくれた。

「ありがとう！　さっそく食べるね！」。

川で洗い、魔術で浄化しいただきますだ。

双子ベリーの味と食感に、私は至福の時間を味わっていた。

「……ごちそうさまでした」

合計六個の双子ベリーをたいらげ満足する。

とても美味しかったし、空腹も収まっていた。

「フォルカ様、助かりました。おかげであと二、三日は生き延びられそうです」

《……おまえ、なぜこんな森の中でひとりでいたのだ？》

「……捨てられました」

口にすると、体の中心が冷えていくようだ。

とりあえず飢え死ぬことは避けられたけれど、私には帰る家が無かった。

《捨てられた、か。ずいぶんと、もったいないことをする人間もいるものだな》

「両親を亡くして、親戚の家でお世話になっていましたから……」

森を抜けられたとして、村に帰ってもまた捨てられるだけ。家も保護者もお金も持っていない九歳の私が、ひとりで生きていくのは厳しかった。
《おまえはこの先、どこへ行くつもりだ？》
「……わかりません。でもまずは、森を出てどこかの村か町へ向かいたいと思います」
《そうか。ならばできたら、大きな町ではなく小さな村の方が良いな》
「大きな町だと、何か良くないことがあるんですか？」
《都会では我が目立つからな》
「えっ？」
ぽかんとしてしまう。
フォルカ様がそう言うということは、もしかして、
「私と一緒に来てくれるの……？」
《そのつもりだ。不服か？》
ぶんぶんと頭を横に振った。
「そんなことありません。嬉しいです‼　でもどうしてですか⁉」
《そうせねば、おまえにキツネウドンとやらを食べさせてやれないだろう？》
「あっ……！」
私がしたお願いを、フォルカ様は覚えてくれていたようだ。
「いいんですか？　私もう、双子ベリーをもらいましたよ？」

《双子ベリーとキツネウドンは別の食べ物だろう?》

「それはそうですが……」

《何、ちょっとした余興のようなものだ。おまえがキツネウドンとやらを口にできるまで、見守ってやろうというわけだ》

「ありがとうございます……!」

地獄に仏。捨てる神あれば拾う神あり。

命の恩人、いや、聖獣であり人では無いんだっけ?

とにもかくにも、フォルカ様様だった。

「嬉しいです頼もしいですっ‼ フォルカ様、よろしくお願いしますね‼」

《うむ、了解した。まずは森の外を目指すことにするか》

「はいっ‼」

「きゅっ‼」

私が頷くと足元で一緒に、聖獣様(小)も耳を揺らし頷いていた。

《元気が良いのは良いことだな、小娘》

「ありがとうございます。……あ、そうだ」

空腹やら何やらですっかり忘れていたけれど、

「私、リナリアと言います。今年でたぶん九歳になるはずです」

《悪くない響きの名だな》

リナリア、と。

繰り返すフォルカ様の足元の尻尾に、聖獣様（小）がじゃれついていた。

「そういえばそちらの小さな聖獣様は、なんという名前なんですか？」

《名前はまだ無い》

「……我輩は猫である？」

《そやつは猫ではない。いきなり何を言い出すのだ？》

「いえ、すみません。こう、つい、ただの気の迷いです」

思わず反射的に言ってしまったけれど、当然フォルカ様には通じなかったようだ。

「名前が無いと不便ですし、何かあだ名をつけても大丈夫ですか？」

《つけたい名でもあるのか？》

「そうですね……」

聖獣様（小）を見下ろし考える。

呼びやすくて、何かかわいらしい名前を……。

「コン、はどうでしょうか？」

狐っぽい見た目と鳴き声から。シンプルイズベストに提案してみる。

「きゅこんっ‼」

嬉しそうに尻尾が振られた。

試しにコン、と呼んでみると尻尾の振られる速度が速まる。受け入れてくれたようだ。

「コン！　これからよろしくね？」

「きゅっ‼」

コンと私、そしてフォルカ様。

ひとりと二匹で、森の中を進むことになったのだった。

☆☆☆☆☆

《――――どうやら、よほど疲れていたようだな》

月の光を浴びながら、フォルカが語りかけた。

リナリアの返事は無い。くぅくぅと微かに、規則的な吐息が聞こえるだけだ。

《よく眠っているな、リナリア》

再度語りかけるも、やはりリナリアの返事は無かった。

森の中を歩き始めてからしばらく。

夜の帳《とばり》が降りてくると、リナリアの瞼も降りていった。

目をこすり眠気を隠そうとしていたが、やがて抗いきれず足元がふらつく。倒れ込んできたところをフォルカが支えると、そのまま眠り込んでしまったのだ。地面に体を横たえ、赤味がかった金髪に包まれた頭部を、フォルカの胸の上に乗せ寝息を立てていた。

《我を枕代わりにするとは、やはりおまえは変わっているぞ》

「こんっ！」

フォルカの言葉に同意するように、コンが鳴き声をあげた。三角の耳を微かに揺らしながら、リナリアの横で丸くなっていた。

《ずいぶんと懐いたものだ》

こちらも珍しいことだった。

聖獣が人に懐くのも、名を与えられるのも。

知る人が知れば、驚愕に言葉を無くすほどの事柄だった。

《……張本人のリナリアはまだ、気が付いていないだろうがな》

そしてフォルカも今はまだ、詳しい事情をリナリアに説明する気は無かった。

敬われ傅《かしず》かれるのは嫌いではない。が、無暗に騒がれるのは面倒だ。今のリナリアとの距離感を気に入っていたし、いくつか確かめたいこともあった。

「……んんっ」

寝息と共に、小さな声が聞こえる。見るとリナリアは、微かに唇を震わせていた。

「……や……すて……ない……で……」

リナリアの表情は険しかった。何か夢を、悪夢を見ているようだ。幼い顔が、痛みをこらえるように歪んでいた。

《起きている間は、どうにか気丈に振る舞っていたようだが……》

きっともう限界だったのだ。

初対面の、人間ではないフォルカのことを頼り、歩きながら眠ってしまうほどに。

体も心も擦り切れる寸前で、しかしそんな追い詰められた状況でありながら、怪我をしていたコンを助けたリナリアのことを、フォルカは悪く思っていなかった。

《……今はよく眠るといい》

震える小さな体を、フォルカは自慢の尻尾で優しく包み込んでやった。あやすように、幾度か尻尾でリナリアを撫でてやると、表情が穏やかになっていく。

「んっ……」

リナリアの寝息と体温を傍らに感じながら、フォルカの夜は更けていくのだった。

☆☆☆☆

フォルカに見守られ、リナリアが安眠していた一方。

彼女に関わった人間、正確に言えばリナリアの前世、高瀬里奈の元恋人の和樹は苛立っていた。

「紗香のやつっ……！」

スマートフォンを握りしめる。画面に開かれた連絡ツール。和樹の送ったメッセージに、恋人である紗香からの返信は無かった。

「いつも愚痴ばっか送ってきて、俺は慰めてやってたのになんでだよ」

苛立ちのまま、ソファの上にスマートフォンを投げつける。

里奈が死んでから三か月。和樹と紗香の関係は、早くもきしみ始めていた。

「……これも全部、里奈があんな死に方をしたせいだ」

公園にある高台からの転落死。

調査の結果、高台の手すりの老朽化による事故だと判明したが、和樹も取り調べを受けている。

事故の直前、和樹は里奈との恋人関係を一方的に解消していた。当初はそのことが原因で、自殺が誘発されたのではと疑われたのだ。

「くそっ、冗談じゃねぇ！」

なぜ自分ばかり責められるのだ？

里奈は会社で虐めをしていた。だから捨てた。恋人ではいられないと別れを告げ、虐めの被害者で弱っていた、紗香を支えようと思ったのだ。

自分は何も悪いことはしていない。していないはずだ。なのに周りの人間は、和樹から去っていってしまった。

長年恋人だった里奈のことを、和樹は友人にも紹介をしていた。

彼らは皆、口をそろえて和樹を非難している。

『里奈は虐めをするような性格には見えない』『和樹はもっと、里奈ときちんと話し合うべきだった』『そうすれば誤解も解け、あの日アパートから飛び出した里奈が運悪く、事故に遭うことは無かったかもしれないのに』、と。

「……言いたい放題言いやがって……」

悪態をつきながらも、和樹の言葉は弱々しかった。

彼も薄々気づいていたのだ。

里奈は誰かを、一方的に虐めるような人間では無い、と。そう思えてきたのだが、和樹は認めることができなかった。

里奈が虐めを行っていないのなら、紗香が嘘をついていることになる。

紗香を疑えば、今度は和樹が捨てられてしまうかもしれない。友人たちに去られた今、恋人である紗香まで、和樹は失うことはできなかった。

重くため息をついていると、スマートフォンが小さく音を立てる。すがるように画面を見ると、今週も仕事が忙しいから、和樹には会えそうにないと返信があった。

ここのところ紗香は忙しく、顔を合わせても不機嫌そうにしている。送られてくるメッセージも、会社関係の相談や愚痴がほとんどになっていた。

「そんなに会社、経営が危ないのかよ……」

話を聞いているだけの和樹にも察せられるほどだ。

業績は傾き、仕事のできる人間はどんどん転職してしまっているらしい。紗香にも転職を進めたが乗り気ではなく、反対に同棲を持ちかけられている。和樹に頼りたいらしかった。

「どうすればいいんだよ……」

紗香のことは見捨てられないし、捨てられたくも無かった。が、同時に彼女のことを、以前のように信じ、愛することもできないのを和樹は自覚している。

「里奈が恋人だった頃は、こんなことはなかったのにな……」

後悔しても遅かった。

里奈を拒絶したのは和樹だったし、既に里奈はこの世を去っている。

和樹は里奈に謝ることもできず、ただ、スマートフォンを握りしめるしかないのだった。

第二章　「森の中の廃屋でおむすびを握りましょう」

「ここは……」

瞼を開き、ぼんやりと私は呟いた。

おじさんに捨てられて、前世の記憶を取り戻してそれから……。

「あったかい……？」

吸い込んだ空気はひんやりしているが、背中は温かかった。掌で探ると、柔らかな感触が返ってくる。

《リナリア、目が覚めたようだな。丸っとひと晩、よく眠っていたぞ》

「フォルカ様っ⁉」

一気に意識が覚醒する。

そうだ、私、歩いているうち眠くなってきて。

フォルカ様に寄りかかり、ぐぅぐぅと寝てしまっていたようだ。

「すみませんでし――――もふぁっ⁉」

顔に毛の塊が当たった。フォルカ様の尻尾だ。見るとまるで布団のように、私の体に尻尾を被せてくれていたらしい。

《どうだ？　我の毛並みは極上であろう？》

「は、はいっ！　とても気持ちいいです」

金茶の尻尾は、空気を含み柔らかにふくらんでいる。触るとさらさら、次いでもふもふ。滑らかな表面の毛の下に、綿毛のような毛がびっしりと生えているようだ。

「ふわぁぁ……！」

口元が緩んでしまった。

頬に当たるもふもふと、背中から伝わる温もり。心地良くて安心して、このまま二度寝してしまいそうだ。

「いけない、いけない」

さすがにフォルカ様に失礼だ。

目をこすり眠気を追い払うと、私は勢いよく立ち上がった。

「フォルカ様、おはようございます。おかげでよく眠れました」

《もう歩けそうか？》

「はい、大丈夫だと思いますが……コンはどこに？」

「くきゅっ！」

右手からコンの、少しくぐもった鳴き声が聞こえた。

《ちょうど帰ってきたようだな》

「花……？」

ピンクの花の茎を何本か、コンがくわえながら鳴いたようだ。

《甘い蜜を持つ花だ》

「私のために持ってきてくれたの？」

「きゅきゅっ！」

そうだよ。探して持ってきたよ褒めて褒めて、とでも言うように。

コンが花をこちらへと近づけてきた。

「わぁ、ありがとう。コンは優しいんだね」

お礼代わりに、頭をなでなでしてみる。

柔らかいなぁ。小さいなぁ。

目を細めリラックスしたコンが、花を落としかけ慌ててくわえ直した。かわいい。

《浄化の魔術をかけてから、花と茎の境目に唇をつけ蜜を吸うといい。その間に我は、何か木の実でも探してきてやろう》

「ありがとうございます！」

フォルカ様を見送り、コンから花を受け取る。

花から蜜を吸うのは初めてだ。

村にも春になると、蜜を出す花が咲いていたけれど、叔母夫婦の娘マリシャに全て取られてしまい、私の口に入ることは無かったもんね。

「いただきます」

浄化しそっと口をつける。

ほのかに苦い草の味の後に、染み出すように蜜が流れてきた。

「ちょっぴり甘い水……。蝶や蜂になった気分……？」

蜂が食べるのは花粉の方だっけ？

前世の知識を思い出しながらちゅうちゅうと、コンと一緒に蜜を吸ったのだった。

☆☆☆☆

蜜を吸い、フォルカ様の持ってきてくれた双子ベリーをお腹に入れた後。
森を抜けるため、私たちは歩き出すことにした。
「こっちへ進めばいいんですね？」
《あぁ。おまえの足でも、半日も歩けば村にたどり着くはずだ》
「フォルカ様は、その村に行ったことはあるんですか？」
《昔な。おそらくまだ、村は存在しているはずだ》
昔、かぁ。

フォルカ様、今何歳くらいなんだろう？

聖獣と言うくらいだから、人間より長生きなのかもしれない。

気になるなぁ。色々気になるけれど、私は黙々と足を動かした。

私の肉体はまだ九歳。体力がなく、喋りながら歩いていたら、あっという間にへばってしまいそうだ。下生えに足を取られないよう、注意しながら森を進んでいく。

叔母夫婦の元で何年もこき使われ、疲労には耐性があるつもりだったけれど……。

やはりこの小さな体では、長距離はキツいようだ。

汗を浮かべながらも、無言で足を動かしていると、

《人間は脆弱だな》

「申し訳ありません……」

《謝るな。我が運んでやろう》

フォルカ様が座り、こちらへと背中が向けられた。

乗れということだろうか？

「いいんですか？　フォルカ様は聖獣なんですよね？」

《おまえは背や頭に木の葉がのったとして、木の葉に対して怒りを覚えるか？》

「……怒りませんね」

人間である私も、フォルカ様にとっては木の葉と同じようだ。

さすが聖獣様……なのだろうか？

とりあえずありがたく、背中に乗せてもらうことにする。

「わぁ……」

フォルカ様が立ち上がると、ぐんと視点が高くなった。

私が歩くよりも速いようで、頬を流れる風が爽快だ。

落っこちないよう、フォルカ様に掴《つか》まり揺られ数時間。木々の間に、石垣のようなものが見えてきた。

「あれがフォルカ様の言っていた村ですか……？」

《いや、違うな。一軒だけ森の中にある、廃屋か何かのようだ》

石垣に囲まれた平屋の建物があった。クリーム色の壁に、赤茶色の屋根がのっている。建物は比較的綺麗だが、かつて庭だったらしき場所には、ぼうぼうと草が茂り放題になっている。近づき覗き込んでみるも、人の気配は感じられなかった。

「住んでる人に何かあったのかな……？」

疑問に思いつつ、私たちは廃屋を後にした。

フォルカ様曰く、あと少し進めば村へたどり着く予定らしい。あの廃屋は何なのかは、村人に聞けばわかるかもしれない。

行く手が明るく、森の端っこが見えてくる。人里へ、村へと到着したようだ。畑らしき場所を耕す男性を見て、私は硬直し体を震わせた。

《おい、様子がおかしいがどうしたのだ？》

フォルカ様の疑問は当然だ。

畑仕事をする男性に不審な様子はなく、服装もごく普通だった。

どこにでもいるような人間。なのに体が震える、怖い、怖くてたまらなかった。

「どうして……？」

わけがわからなかった。

あの男性とは初対面だ。わかるのは年齢が、中年にさしかかることくらいで──。

私を捨てたおじさんに、年恰好が似ているんだ。

「あ……だからか……」

顔は違う、もちろん性格も違うと理解していても、恐怖は治まらなかった。

私を叩き、怒鳴りつけてきたおじさん。反論は許されず、ただおじさんの顔色をうかがうことしかできなかった。

この世界は私がいた日本よりずっと治安が悪い。虐待同然の扱いを受けていようと、家を放り出されるよりはマシだと、感情を殺し粛々と従っていた。

「でも、私は捨てられちゃった。捨てられて、もう我慢できなくなって、何かが私の中で切れちゃったんだ……」

おじさんが怖くて嫌いで、おじさんを思い出させる中年の男性も怖かった。頭では別人だと理解していても、どうしても体が反応してしまう。数年分の、根深い恐怖が刻まれているようだ。

前世の記憶が蘇っても、今の私は孤児のリナリアでしかないと思い知らされる。前世の二十年以上の経験と知識はあっても、精神は肉体に影響され、幼く弱くなっているようだ。

「情けない……」

ふがいない自分に落ち込む。

聖獣であるフォルカ様相手なら問題無く会話できるけれど、人間相手には難しいかもしれない。おじさんやおばさんに近い年齢の人を前にしたら、固まって動けなくなりそうだ。

「……フォルカ様、すみません。上手く人と喋れなさそうなので、村へ向かうのはいったん取りやめてもらえませんか？」

《……人が怖いのか？》

「はい……」

事情を説明すると、フォルカ様は咎めることも無く頷いてくれた。優しい。ありがたい。

私たちは森の獣道を戻り、ひとまず廃屋へと向かうことにした。

「お邪魔します」

玄関で声をかけるも、答えは返ってこなかった。やはり住人はいないようだ。

扉を押すと、少し重かったけれど、ゆっくりと開いていった。中へ入ると、さび付いた錠が落ちている。老朽化して壊れてしまったようだ。

不法侵入してすみません。

心の中で謝りつつ、家の中をぐるりと回っていく。家具の類はほとんど運び出された後のようで、台所らしき場所には鍋と鍋置き用らしい三脚が転がっているだけだ。

「何もないけど、雨や風は防げそうかな？」

庭は荒れ果てていたけれど、雨漏りや壁の崩れは無く意外と室内は綺麗だった。

残されていた小さな椅子に座り、ひと息つくことにする。壊れかけなのか、ぎしぎしと音がしている。体重をかけすぎないよう気を付けながら、これからのことを考えた。

恐怖に襲われ、つい逃げるようにして来てしまったけれど、いつまでもここにはいられない。トラウマを克服してどうにか仕事を見つけ、フォルカ様に迷惑をかけないようにしないと駄目だ。

そう考える間にも、私のお腹は空腹を訴え鳴っていた。子供の肉体は食欲旺盛なようだ。

《夕餉も、朝と同じ双子ベリーにするか？》

「はい。ちょっと外に出て取ってきますね」

廃屋に来る途中、私でも手が届きそうな位置にひと組、双子ベリーが実っているのを見つけている。フォルカ様に頼り切るのは悪いので、できることは自分でしていこう。

《自ら食糧を調達しに行くとは良い心がけだ。が、外はおまえひとりでは危ない。魔術で食糧を生み出してはどうだ？》

「え、そんなことができるんですか？」

《できるはずだ。おまえも少しは体力が戻ってきている。魔術の反動にも耐えられるはずだ》

「反動……」

少し怖いけれど、食糧を得られるのは魅力的だ。

フォルカ様にやり方を聞いてみよう。

「食料を作り出す、専門の魔術があるんですか？」

《専門、とは少し違うな。人間が召喚術《サモンマギカ》と呼んでいる魔術の応用だ》

「『人間が召喚術と呼んでいる魔術』……？　もしかしてそれは本当は、何かを召喚しているのとは違うということですか？」

フォルカ様の言い回しが気になったので聞いてみる。

《聡《さと》いな。上々、その通りだ。召喚術と呼ばれてはいるが、既に存在しているものを手元に呼び寄せる術ではないからな。詳しい話は省くが、要は自らの魔力を変質させ、望むものを生み出す術と思っておけばいい》

「へぇ～～。すごく便利な術があるんですね」

望むがまま思うがまま。

欲しいものを手に入れられるなら、これ以上使い勝手のいい術は無いはずだ。

《もちろん制約はある。我も人間の使う召喚術全てを知るわけでは無いが、強い力を持つ幻獣、あ

るいは珍しい品物を作り出すには相応の準備と呪文がいるようだな》

「今の私だったら、どんなものなら召喚できそうですか？」

《魂に刻まれたものならいけるはずだ》

「え、魂？」

なんだかいきなり、話が深く大きくなっているような？

《そう大げさにとらえるな。おまえが慣れ親しみ血肉へと取り入れた食べ物、その味や形を細部まで思い浮かべられるものならいけるはずだ》

「なるほど……」

フォルカ様の言葉に頷き考える。

魂に刻まれるほどに慣れ親しんだ、細部まで思い浮かべられる食べ物……。

おむすびが思い浮かんだ。

ころんとした三角形の、掌にのるおむすび。

シンプルな塩むすびなら、見た目も中身も味も食感も、しっかりと思い出せそう。というか既に、想像のおむすびだけでお腹が減り涎が出そうだった。

『揺らぎの門よ開け。そは波にして霞である。望みのまま、あるべき姿へ現れたまえ』

指先から魔力を出しながら、教わった呪文を口にする。

噛まずに唱え終えると、急に体が重くなっていった。

「へ……？」
掌に生まれたぬくもりと、暗くなっていく視界と。
《リナリア⁉》
フォルカ様の声を聴きながら、私の意識は途絶えたのだった。

☆☆☆☆☆

「……もう夜？」

次に私が目覚めた時、廃屋の中は暗かった。

どれくらい時間が経ったんだろう？

《リナリア、体は大丈夫か？》

「フォルカ様……」

闇の中、ぼんやりと浮かびあがるフォルカ様の姿は美しかった。

艶やかな金茶の毛並みを照らしているのは、空中に漂う火の玉のようだ。

「この火はフォルカ様が？」

《そうだ。火傷するから触るなよ？　もっとも、その右手では触れんだろうがな》

「あっ……」

右手に白い物体……塩むすびを握り込んでいた。
気絶する寸前、咄嗟に握りしめ離さないようにしていたようだ。匂いを嗅ぐと、微かにお米の香りがした。コンも私の手へと顔を寄せ、すんすんと匂いを嗅いでいるようだ。
「召喚術、成功していたんですね」
《そのようだが……。魔力の消費が大きすぎる。その程度の大きさの、さして手が込んでいるようにも見えない食糧を作り出しただけだ。おまえの魔力量なら、せいぜいフラつくぐらいかと予想していた》
「気絶したのは、魔力の消費が大きすぎたせい……」
理由を考え、やがて思い至ることがあった。
「あの、フォルカ様、信じられない話かもしれませんが」
《なんだ？》
「私、実はこの世界ではない場所で生きた、前世の記憶を持っているんです」
《ほう……？》
ちらちらと炎を反射する瞳を、フォルカ様が微かに細めている。
《続けろ。どういうことか説明してみろ》
「はい。おじさんに捨てられ精神が衝撃を受けたせいか、前世の記憶が戻りました。さっき召喚術で作り出した塩むすび……この白い食べ物は、前世で私がよく食べていたものなんです。この世界には存在しないはずの食べ物を作り出したから、大量に魔力を消費したんじゃないでしょうか……？」

《ふぅむ。そういうこともあるのか……》

フォルカ様は私と塩むすびを見て、何やら考え込んでいるようだ。

「やっぱりこんなありえない話、信じてもらえませんか？」

《信じぬわけでは無いし、ありえない話でもなかろう。現におまえはこうしてここに居るし、言葉に嘘の気配も感じられないからな。その塩むすび、というのか？　米で作られているのだろう？》

「‼　この世界にもお米はあるんですか⁉」

日本では毎日食べていた、でもこちらでは見たこともなかった食材、お米。

前世の記憶が蘇った今、お米が懐かしくてたまらなかった。

《存在しているが、この大陸では食べられていないはずだ。この大陸の人間の多くは米を知らぬ。なのに幼いおまえが米に慣れ親しんでいるのは、前世でのことだと考えれば筋は通るからな》

「そういうことだったんですね……」

近くにお米が無いのは残念だ。けれどおかげで、前世の記憶という信じられない話も、スムーズに受け入れてもらえたようだった。

《魔力の大量消費の原因は、おまえの推測通りだろうな。先ほど言っただろう？　召喚できるのは『おまえが慣れ親しみ血肉へと取り入れた食べ物』だと》

「あぁ、それは確かに……」

塩むすびを食べたのは前世。今の私の血肉には、ひとかけらもなっていないはずだ。なのに召喚できてしまったのは、魂とやらの記憶のおかげなんだろうけれど……。そのせいで気絶してしまったようだ。

「塩むすび一個で気絶って、割に合わないよね?」

うなりつつ、掌の上の塩むすびを見つめた。

見た目はごく普通の、前世で何度も食べた塩むすびだ。気絶していた間に冷えてしまったけれど、お弁当にも入れる食べ物なので美味しく食べられるはず。

「いただきます」

かぶりつくとひんやりとした、けれどもっちりとした食感。

咀嚼《そしゃく》するうちじんわりと、控えめな甘さが滲み出てくる。混ぜ込まれた塩がより一層、甘さを引き立てるようだ。

「お米の味だぁ……!」

懐かしさが胸を満たした。

そう、この味だ。

魂に刻まれた記憶、日本人であった頃の思い出。

私はリナリアであると同時に高瀬里奈でもあるという事実を、白米と一緒に噛みしめていく。

《感動するほどに、その塩むすびとやらは美味なのか？》
「今の私にとっては、これ以上ないご馳走です。……フォルカ様も食べてみますか？」
コンは花の蜜を吸っていたけれど、フォルカ様って食べ物を受け付けるのだろうか？
尋ねると、フォルカ様は肯定を返してくれた。
《食べられるぞ。食べなくても問題ないが、美味きものは心を豊かにするからな》
「美食家なんですね。……はい、どうぞ。コンにもあげるね」
口をつけていない部分を割って、フォルカ様とコンに差し出した。
コンは前足でちょいちょいと触ると、口を開けがぶりと噛みついた。美味しかったのか、尻尾を振りながら食べているようだ。
《……素朴だが米の味が生きているな》
フォルカ様はひと口でたいらげてしまったようだ。ごくりと呑み込み、感想を教えてくれた。
《しかし量が足りない。もっと食べたいところだ》
「う～～ん、明日になればまた作れるのかな……？　魔力って、どれくらいすれば回復するものなんですか？」
《よく寝て休めば、二日間ほどで回復するはずだ》
「二日で一おむすびになるんですね」
《いや、そこまではかからないはずだ。一度召喚に成功したものは、次からは少ない魔力で作り出

すことが可能になるからな》

「わぁ、それは素敵ですね！」

召喚術、かなりお得な魔術のようだ。魔術については詳しくないけれど、魔術師たちの多くは、召喚術を愛用しているのかもしれない。

《うむ。おまえは人間にしては魔力量が多い方だからな。活用していくといい》

「はいっ！」

魔力量、多いらしくて本当に良かった！

召喚術があれば幼女の私でも、どうにか暮らしていくことができるかもしれない。

私はうきうきと、フォルカ様にさらに召喚術について聞き進めていったのだった。

☆☆☆☆

廃屋にお邪魔してから三日。

夜はフォルカ様の尻尾を布団代わりにさせてもらうことで温かく、風邪を引くことも無かった。

昼間は森から採ってきた双子ベリーや木の実でお腹を満たし、魔力が戻るのを待つ間、廃屋の中を軽く掃除するのが日課になっていた。

幸い、廃屋内に柄が折れていたものの箒《ほうき》が見つかり、森にはハガキほどの大きさの葉っぱもあったので、ホコリや汚れを落とすのに使っている。

「だいぶ綺麗になったかな？」

「きゅっ！」

お手伝いをしてくれたコンが頷く。葉っぱをくわえ、器用にホコリを集めてくれていた。

「よしよし、っと。もうすぐ夜になるし、召喚術を使ってみるね」

この二日間で、魔力は回復しているはずだ。塩むすびを召喚した後に感じただるさはすっかり解消している。川で洗った鍋の上に手をかざし、私は呪文を唱えた。

『揺らぎの門よ開け。そは波にして霞である。望みのまま、あるべき姿へ現れたまえ』

光と共に、ざざあっと。

鍋に白米が落ちていった。

「精米済みのお米一合を召喚……！」

召喚術というのは、対象が複雑であるほど魔力の消費が大きいらしい。

そこで塩むすびではなく白米単品、炊く前の状態をイメージしてみたら成功。少しふらつくくらいで、気絶はせずにすみそうだ。

鍋を手に、私は窓辺へ向かった。窓際には水を入れた壺が置かれている。廃屋内で見つけた壺に、浄化の魔術をかけた川の水を入れてあった。

水の残量に気を付けつつ、しゃこしゃことお米を研いでは研ぎ汁を窓の外に捨てていく。水がほぼ透明になったら、新しい水を注いでしばらく置いておいた。

今は春だから、だいたい四十分くらい待てばいいかな？ 時計が無いから、正確な時間はわからないんだけどね。

待っている間、コンとぼんやり窓の外を眺めた。庭には色とりどりの花が咲き、飛び回る蝶はモンシロチョウによく似ている。春の訪れを喜ぶように舞う蝶を、コンが視線で追いかけるのをのんびりと眺める。穏やかな時間だった。

「……そろそろかな？」

鍋を覗き込み、次の作業へと移った。

「水を入れ替えてっと……フォルカ様、加熱をお願いしますね」

《うむ、任せておけ》

火はフォルカ様の担当だ。

三脚に置かれた鍋の下に、ぼうと小さな火の玉が浮かんだ。煙も無く燃えていて不思議だが、しっかりと熱は放出されている。鍋に蓋をして見守っていると、ぶくぶくと音がしてきた。沸騰だ。

二分ほど待ち、その後は火を弱めてもらい三分ほど、更に弱火にして七分ほど炊いていく。

「これくらいいかな？」

蓋を開けると、ほわり。

水蒸気と一緒に、食欲を刺激するお米の香りがあふれ出してくる。水は全て蒸発し、ツヤツヤの白米が、鍋の中で食べられるのを待っているようだ。

《ちょうど良い具合のようだな》

「フォルカ様の火のおかげです。今取り分けますね」

拾った枝を洗って浄化の魔術をかけた即席お箸で、白米をよそっていく。

お皿もこれまた即席の、浄化の魔術をかけた葉っぱだ。

浄化の魔術は食べ物以外にも有効なようで、とても重宝している。

「まだ熱いから、念のためコンは気を付けてね」

「きゅっ！」

コンは頷くと、ふーふーと息を吹きかけている。熱い料理に対する行動は、聖獣も人間も似ているようだった。

「いただきます」

手を合わせ、箸で白米を口へ運んでいく。

「はふはふっ」

ふっくらもっちり。お米の粒が立っていて、美味しさと熱が口いっぱいに広がっていく。炊き立てのご飯は、それだけでご馳走だった。

《これは美味いな。塩むすびも良かったが、やはり温かな米は良いものだ》

「わかります！」

フォルカ様の言葉に深く頷く。

米の甘さと温もりが、体中に染みわたっていくようだ。

思えば私、こうして温かい料理を食べるのは久しぶりな気がする。おじさんの家にいた頃、料理は私の仕事だったけど、出来立てを口にしたことは無かった。口にするのを許されたのは、残り物や余り物だけ。野菜クズが浮かんだだけの冷えたスープでさえ、食べられるだけありがたい毎日だった。

フォルカ様に感謝しつつ、私は白米とデザートの双子ベリーをたいらげたのだった。

☆☆☆☆☆

それからの十日間を、私は食べて寝ての繰り返しで過ごしていた。

……怠けていたわけじゃないよ?

魔力は睡眠を取ることで回復速度が速くなるらしい。

召喚術で食材を作り料理して食べ、軽く運動をして眠りにつく。その繰り返しで、私もそれなりに、召喚術の勝手がわかってきた。

「白米、塩、しょうゆ、味噌、海苔、梅干し、キュウリにトマト」

葉っぱ製のお皿に、ずらりと召喚術の成果が並べられている。

どれも前世の記憶から作り出した食材だ。……転生後に口にしたことのある料理及び食材は、悲しくなるくらいレパートリーがないもんね……。

召喚術の行使の際、一番魔力を持っていかれたのは海苔、次に味噌だった。

どちらも加工食品だからだろうか？

最初は海苔はハガキほど、味噌はスプーン一杯分ほどしか作り出せなかった。

反対に、比較的作りやすかったのはキュウリとトマトだ。どちらも生のままでも食べられるため助かっている。今後も野菜を中心に、食材を増やしていくつもりだ。

「……召喚術さえあれば、食材には困らなそうだけど……」

調理器具が足りなかった。

私は召喚術で何度か、調理器具を作ろうとし失敗している。

召喚術で作ることができるのは、私の体の中に取り込んだことがあるものだけ。包丁や鍋を食べたことはないため、やはり召喚は不可能なようだ。

廃屋内にあった調理器具は鍋と三脚だけ。枝の箸も葉っぱのお皿も、森から拾ってきたものだ。

浄化の魔術で食中毒は避けられるとはいえ、召喚術頼りの今、食材も調理方法もかなり限られていた。

「このままじゃ、きつねうどんも作れないよね」

フォルカ様は今日も、食べられる木の実を集めに森へと出かけている。

私を助けてくれるフォルカ様のためにも、きつねうどんを作りお礼をしたかった。

「……調理器具を手に入れるため、一度村に行ってみないと駄目かな」

口にすると、それだけで体が震えた。

怖い、行きたくない。引きこもっていたい。

心の底からふつふつと、泡のように恐れが浮かび上がってくる。

「深呼吸、深呼吸……」

吸って、吐いて、吸って、吐いて、吸って、吐いて……。

意識して深く呼吸していると、徐々に震えも小さくなっていく。

あの村にいるのは知らない人たち。おじさんおばさんはあそこにはいない。

そう自分に言い聞かせ恐怖を抑え込み、私は村への訪問、この世界での『初めてのお使い』を決意したのだった。

☆☆☆☆☆

翌日さっそく、私の『初めてのお使い』は実行されることになった。

「フォルカ様、出発しますね」

《うむ。見守っているから、安心して出発するが良い》

廃屋から出て十分ほど。

森と村との境界で、私はフォルカ様と一旦別れた。

心細くなるけれど大丈夫。

フォルカ様は目立つから、私から少し離れてついてきて、物陰から見守ってくれるのだ。私が叫べば、すぐに駆け付けると約束してくれている。

だから大丈夫。

大丈夫だから、ゆっくりでもいいから、一歩を踏み出さないといけない。

きょろきょろと左右を見て、近くに人がいないのを確認し一歩前進。体が鉛のように重かったけれど、歩き出すと勢いがつき、交互に足を前へ出すことができた。

時々畑仕事をする人を横に見ながらも、村の中心部へと向かっていく。歩いているうちに慣れてきたのか、人とすれ違っても固まらなくなってきた。小さな、けれど確かな進歩だった。

畑が途切れると、ぐるりと建物の群れを囲う石垣が現れる。私は心臓をばくつかせながら、門番らしき若い男性に話しかけた。

「あ、あのっ、すみまひぇんっ」

噛んだ。思いっきり噛んでしまった。

体に刻まれたトラウマに、口が回らなくなってしまう。

あわあわと軽くパニクってしまった。

「ん？　どうしたんだいお嬢ちゃん？　お父さんかお母さんとはぐれたのかい？」

「ち、ちちちち違いますっ！　この村にっ、ひとりでお使いにきました！」

つっかえながらもどうにか言い切った。廃屋内にあったぼろきれをフードのように被っているから、こちらの顔は見えないはずだ。が、それでも、トラウマは克服しきれていなかった。

「お使い？　まだちっこいのに偉いな。道はわかるのかい？」

「は、はいっ‼　中に入っても大丈夫ですか？」

「おぅ、気を付けな。暗くなる前には帰るんだぞ」

門番は気のいい人のようで、こちらを案じつつも門の中に通してくれた。

ぺこりと頭を下げ、早足で村の中へと駆けていく。

「緊張した……。でもなんとか会話できたっ……！」

これならなんとか、用事を果たすこともできそうだ。

「まずは魔石を換金して、っと」

この世界のモンスターと呼ばれる存在は、ダメージを与えると魔石を残して消えてしまうらしい。モンスターは正確には生き物ではなく、瘴気《しょうき》と呼ばれる世界の淀みのようなものが集まって発生しているようだ。

今私の懐の中にあるのは、前世の記憶を取り戻した日に襲われた、たてがみ狼という名前のモンスターが残した魔石だ。魔石は換金できるから、と。フォルカ様に拾って持ち歩くよう言われていた。五センチほどの、ラグビーボールのような形をしている。

「魔石の換金所は、円の中に剣と金貨を配した看板が目印……」

この世界は識字率が低く、当然私も読み書きができなかった。そんな私のような人間のため、店では扱う商品ごとに決まった絵を描いた看板を掲げている。魔石換金所の場合、円が魔石を表している……とフォルカ様に教わっていた。

門から少し歩くと、魔石換金所の看板を掲げる、二階建ての石造りの建物が見えてきた。

「し、失礼しまーす」

挨拶と共にドアを開ける。

奥にはカウンターらしき木製の机。手前には剣を下げた、客らしきひとりの男性がいる。おじさんと年齢が近く、足がすくみそうになってしまう。幸い、用事を済ませ出ていくところだったようで、私はほっと胸を撫でおろした。

「嬢ちゃんもうちに用事かい？」

「は、はいっ」

良かった。店員はお婆さんで、話しやすそうな柔らかな雰囲気だ。

「この魔石、たてがみ狼のものなんですけど、換金してもらえますか？」

「たてがみ狼の？　そりゃまた大物だね」

「……そんなに珍しいんですか？」

「いんや、珍しいってほどじゃないが、嬢ちゃんのようなちびっこが持ってくるには、少し意外だったのさ」

「あ、もちろん、私が倒したわけじゃありません。お使いを頼まれたんです」

「それはそうだろうね。念のため鑑定させてもらうから、少し待っててくれるかい？」

お婆さんは魔石を手に取ると、軽く叩いたり、じっと間近で観察したりしている。

最後に指から魔力らしき光を出し魔石へあと、魔石をカウンターの上に戻した。

「うん、確かにたてがみ狼の魔石だね。うちだと銀貨二十五枚との交換になるけどいいかい？」

「はい、お願いします。……ちなみに銀貨二十五枚って、どれくらいの価値があるんですか？」

「そうさね、嬢ちゃんにもわかりやすく言うと……。嬢ちゃんのお腹が満腹になる大きさのパンが、ざっと二千個は買えるくらいだね」

小型のパンを一個百円として、単純計算で二十万円かぁ。物価水準がよくわからないけれど、それなりの大金のようだった。

「ありがとうございます。助かりました」

「お金、なくさないよう、気を付けて帰りなよ、嬢ちゃん」

廃屋から持ってきたボロ布で銀貨を包み、懐に入れて店を出た。

お金が懐にあると安心するよね。これだけあれば、皿と調理器具くらいは買えそうだ。

まずは食器屋に行ってみよう。ずばりわかりやすく、皿とスプーンの看板が目印らしい。この村は私が暮らしていた村よりふた回りほど大きいから、きっと食器屋もあるは——

「嬢ちゃん、少し待ってくれないか」

「っ⁉」

背後から突然かけられた声に、体が固まってしまう。

恐る恐る振り返ると、中年の男性がいた。縦にも横にも大きい体格で、鞘に入った剣をかちゃかちゃと鳴らしている。魔石換金所にいた男性だ。

「わ、わわ私に何か、よ、用事ですか？」

「おぅ、そうさ。ひとつ相談したいことがあるんだ」

中年男性が笑うと、私の背中に冷や汗が噴き出した。

嫌な笑いだ。体に刻まれたトラウマだけではなく、理性も警鐘を鳴らしている。

「嬢ちゃん、たくさんお金を持っていると重たいだろう？　俺が代わりに運んでやるよ」

言葉だけは親切な、わかりやすい騙《だま》し文句だった。

中年男性はこれ見よがしに剣の鞘を鳴らし暴力をちらつかせている。魔石換金所ですれ違った時から、獲物として目を付けられていたのかもしれない。

「だ、大丈夫です！　これくらい、私ひとりでっ、持ち歩けます‼」

「俺の親切を断るのか？」

「ひっ……‼」

横をすり抜けようとして、すぐさま回り込まれてしまった。

フォルカ様に助けを呼ぶ？

でもそうしたら騒ぎになって、この村から遠くへ、廃屋からも離れなければいけないかもしれない。

「おい嬢ちゃん、あんま待たせてくれるなよ？　俺は気が短いんだ」

「やっ‼　来ないで‼」

「さっさと金をよこ――――アイテテテっ⁉」

悲鳴と共に、男性が肩を撥《は》ね上げた。

背後から両腕を掴まれ、ねじ上げられているようだ。

「子供に何をしている」

静かな、だが鋭さを秘めた声色。

黒いマントを羽織った黒髪の青年が、片手で中年男性の両腕を捕らえ動きを封じ込んでいた。

「いてててっ！　おいおまえ離せ！　ふざけるなよ‼」

「おまえがその子に手を出さないと誓うなら離してやる」

痛みにうめく中年男性の抵抗にも、青年は表情を崩さなかった。黒曜石のような切れ長の瞳に、すっと通った鼻筋。やや冷たい印象だが、とても整った顔の持ち主だった。

「これ以上抵抗を続けるようなら、自警団に突き出して――――」

「あぁもうわかったよっ‼　そいつには手を出さねぇ‼　だからさっさと解放してくれ‼」

青年が拘束を緩めると、中年男性が急いで体を離した。

「クソがっ‼　おまえも痛い目見とけ‼」

怒鳴り声と共に、中年男性が剣を引き抜き構えた。

青年はそれを一瞥《いちべつ》すると、

「ひっ⁉」

剣先を中年男性の喉元に突き付けた。

早い。早すぎて、いつ青年が剣を抜いたのかも見えなかった。

「警告はした。しばらく寝ておけ」

「がふっ⁉」

一閃《いっせん》。剣が男性の腹へと吸い込まれた。

殺した？

ううん、違った。血は飛び散っていなかった。

剣の平たい部分で殴り、意識を刈り取ったらしい。中年男性を捕らえた体術といい剣術といい、
青年はかなりの達人のようだ。

「怪我は無いな？」

「あっ……」

お礼を言おうとして、思わず喉がひきつってしまう。

すると青年は、すぐさま私から離れた。

「……怖がらせて悪かったな」

「あ、違います、そんなわけじゃっ……‼」

「無理をしなくていい。怖がられるのは慣れているからな」

青年は淡々と語った。

違う、違うよ。これは昔のトラウマのせいで、助けてくれたあなたが怖いんじゃないよ。

そう言いたいのに、今、目の前で起こったことの衝撃が抜けきらないせいか、私の舌は満足に動かなかった。

「俺は近くの自警団を呼びに行くから、安心し――――」

「待って‼　待ってください‼」

その場を去ろうとする青年のマントを掴み引き留める。

「お、お兄さんありがとうございますっ‼　これお礼です‼」

何とか言い切り、懐からお礼を取り出した。

「金ならいらない。きちんとしまっておけ」

「い、いえ、これお金じゃありません」

青年はなんとなく、お金は受け取ってくれない気がした。

だから代わりに、もしお使いが長引いた時のためにと持ってきた、浄化した葉っぱで包んだ小ぶりのおむすびを差し出す。

「見た目、ちょっと変わってるけど食べ物です‼　こ、小腹が空いた時に、ぺろりと食べてください‼」

「君のご飯じゃないのか？」

「家に帰れば他にもあります！」

「……そうか。ならありがたくいただこう」

青年は律儀に腰を折り一礼すると、おむすびを手に去っていった。

黒いマントの背中を見送っていると、近づいてくる足音が聞こえる。

「嬢ちゃん無事かい？」

「……魔石換金所のお婆さん？　どうしてここに？」

「嬢ちゃんが心配だったからさ。そこに伸びてる男、うちの店の中にいる時から、嬢ちゃんを見る目つきが物騒だったからねぇ。胸騒ぎがしたから、知り合いに嬢ちゃんの後追っかけてもらうよう頼んだんだ」

「ありがとうございます……」

お婆さんの親切のおかげで助かったようだ。

「黒い髪に黒いマントのお兄さんが、お婆さんの知り合いなんですよね？」

「あいつはルークって名前だよ。無愛想な坊やだが、悪い奴じゃあないさ」

「ルークさん……」

先ほどは満足に話すこともできなかった相手。

追いかけてきちんとお礼を言いたいが、初めてのお使いからのトラブル遭遇に、既に私の脆弱メンタルは限界だ。体も重く、胃が痛み始めている。また後日、改めて出直してこよう。

「嬢ちゃん、お使いの途中なんだろう？　自警団への説明は私がしといてやるから、早く家に帰って、親御さんを安心させてやりな」

「……助かります。今度村に来た時、お婆さんにもお礼を持ってきますね。名前を教えてもらえますか？」

「はは、律儀な子だねぇ。私はゼーラ。嬢ちゃんのお礼、楽しみに店で待っているよ」

ゼーラお婆さんはにかりと笑うと、私を見送ってくれたのだった。

☆☆☆☆☆

《物騒な輩に絡まれたようだな》
「フォルカ様！」
銀貨を懐に抱え、村を出て森にさしかかったところで。

フォルカ様が背中にコンを乗せ、そばまで駆け寄ってきた。

もっふりとした体に抱きつくと、疲れた体と心が軽くなっていく。

「心配ありがとうございます。でも、ルークさんという方が助けてくれたので、大きな騒ぎにならなくてすみました。ルークさん、驚くくらい強かったですよ」

《……そうか》

なぜかフォルカ様はむっとした声色だ。

《あの程度の輩、我であれば触れることも無く一蹴ぞ。そのルークとやらよりずっとずっと、我の方が強いのだからな。今からルークを追って、格の違いを教えてやってもいい》

「フォルカ様……」

たしたしと尻尾で地面を叩くフォルカ様。

……もしかして、すねているのだろうか？。

《おまえは我に頼ろうとはしないのだな》

「そんなことありません。私はずっとフォルカ様に頼りっぱなしですよ！」

感謝と親愛をこめ、ぎゅーっとフォルカ様に抱きつく。

すると『僕も僕も！　仲間外れにしないでよ‼』と言うようにコンが体をすり寄せてきた。

「コンのことも大好きだよ！」

「きゅっ！」

右手でコンを、左手でフォルカ様の背中を撫でる。
柔らかくて温かくて、掌からじんわりと幸せを感じた。
《……ふん。おまえの言葉に免じて、ルークとやらのことは見逃してやろう》
フォルカ様の尊大な、でもわずかに弾んだ声に笑ってしまう。
「ふふ、あはははっ！」
フォルカ様は優しいし、コンはとても元気で賑やかだ。
ルークさんやゼーラさんのように、親切な人だってこの世界にはいる。
……おじさんたちから受けたトラウマは、まだ消えていなかったけれど。
それでも私は少しだけ、前に進めた気がしたのだった。

☆☆☆☆☆

――リナリアが幸せを噛みしめていたその日の夜。

「ぐずなリナリアが消えたおかげでせいせいしたな！」

酒杯《しゅはい》を掲げ、ひとりの男が笑い声をあげていた。

男の名はギリス。リナリアのおじであり、彼女を何年も馬車馬のようにこき使っていた人間だ。

ゲラゲラと笑うギリスの対面には、彼の妻であるヴィシャが着席していた。

「あんた飲みすぎだよ。はめを外さないでおくれ」

「あぁ？　これくらい別にいいだろう？　辛気臭い顔をしていた、リナリアがいなくなったんだからな！」

酒を飲み干し、ギリスは機嫌良く言葉を続けた。

「もっと早く、さっさとリナリアを捨てていれば良かったんだ。おまえだってあいつのこと、邪魔に思っていたんだろう？」

「……あの姉さんの娘だ。憎らしさしか感じないよ」

ヴィシャが吐き捨てるように答えた。

リナリアの母親は、ヴィシャにとって忌々《いまいま》しい姉だった。器量良しで活発な姉で、何かと比べられ馬鹿にされてきたのだ。そんな姉が駆け落ち同然に村を出て結婚し産んだ子供を、押し付けられたのだからたまらなかった。

「憎たらしい、ねぇ。確かにあいつは気に食わなかったが、金をしょってきたからな」

「ちょっとあんた、やっぱり酔いすぎだよ。そんなこと、大きな声で言わないでおくれよ」

ヴィシャが眉をひそめた。

リナリアの両親は、それなり以上に貯えがあったのだ。リナリアが成人を迎える十六歳まで面倒を見たとしても、お釣りが出るほどの大金。ここ数年ギリスの羽振りが良くなったのも、リナリアの両親の遺産を使い込んでいたからだ。

「ははっ！　リナリアは死んだんだ。今更遺産を返せと、言ってくる奴はもういねぇよ」

リナリアを森に捨てたのは、遺産を全て横取りするためだ。

まもなくこの村には、国の派遣した魔術師の一団がやってくる。

魔力量の高い人間は希少だ。だからこそ国も定期的に、各地に魔術師を派遣し探している。村にやってきた魔術師に資質を見いだされれば、平民だろうが孤児だろうが、手厚い保護と支援を受けることになるのだ。

もしリナリアが見いだされ保護されてしまった場合、これ以上の遺産の使い込みはできなくなるし、後々魔術師に育ったリナリアに、ギリスたちは復讐される恐れがあった。

「いくらあいつが目ざわりだとはいえ、直接手を下すのは寝覚めが悪いと言ったのはおまえだろう？　だから俺が森に捨ててきてやったんだ。感謝すると────」

「お父さん？」

高い声が聞こえた。

ギリスが振り向くと、食堂の扉を開け息子のユアンが顔を覗かせていた。

「お父さん、大きな声を出してどうしたの？」

「……ユアン、こんな時間にどうしたんだ？」

「眠れなかった」

七歳のユアンは、とっくに夢の中にいるはずの時間だ。

目をこすりながら、ユアンは服の裾を掴んでいた。

「リナリアお姉ちゃんの子守歌が無いと眠れないんだ。お姉ちゃん、いつ家に帰ってきてくれるの？」

「……俺たちも今、必死に探しているところだよ」

ギリスは白々しく嘘をついた。

幼いユアンは、子守をしていたリナリアに懐いてしまっていたのだ。

「ユアン、おまえはもう寝る時間だ。布団に入っておけ」

「……はい」

ユアンはこくりと頷いた。

ギリスは気の短い人間だ。リナリアに対し何度も手をあげたのを見ていたユアンは父親を恐れ、逆らう気はとても起きなかった。

「嫌だな…」

枕を抱きしめ、ユアンは寂しさをこらえていた。

父親のギリスは粗暴で、母親のヴィシャは見栄っ張り。姉のマリシャは意地悪で、家の中でユアンに優しく接してくれたのは、リナリアひとりだけだったのだ。

「リナリアお姉ちゃん、どこに行っちゃったんだろう」

いつまでも訪れない眠気を、ユアンはひとり待ち続けるのだった。

第三章　「竜騎士と仲良くなりました」

「────はっくしょん‼」

「きゅっ⁉」

　くしゃみをすると、コンが小さく飛び上がった。退屈そうにしていたコンに子守歌を歌っている途中で、急に鼻がむずむずしてきたのだ。

「びっくりさせてごめんね」

　落ち着かせるように、コンの背中を撫でてやった。

　少し懐かしい。捨てられる前はよくこうやって、ユアンに子守歌を歌っていたなぁ。

「……ユアン、元気にしてるかな」

　ふとした時に、彼のことを思い出した。

　ユアンはまだ幼かったおかげか、私を慕ってくれていた。おじさんたちの元に戻るつもりは無いけれど、彼のことは少し気がかりだった。

「きゅいっ？」

　私の意識がそれたことに気付いたのか、コンがぺしぺしと前足で手を叩いた。

「ごめんごめん。続きを歌うわね」

子守唄を口ずさみながら、初めてのお使いに行った日の夜は更けていったのだ。

☆☆☆☆☆

翌日。

私は盛大に寝坊をしてしまった。日は既に高く昇っている。初めてのお使いの疲れを癒すためか、いつもより長く眠っていたようだ。

「フォルカ様、お待たせしました」

《うむ、出発しようか》

双子ベリーのストックが切れていたので、森に採りに行くことになっていた。

散歩気分で、フォルカ様とコンと一緒に歩いていく。木漏れ日を浴び進んでいると、ふいにフォルカ様が鼻をひくつかせた。

《血の匂いがするな……》

「近くに手負いの獣でもいそうですか？」

《いや、おそらくは違うな。血は血でもこの匂いは……》

「きゅこんっ！」

コンが足元に向かって鳴いている。

しゃがみ込んで見ると一枚の、見覚えのある葉っぱが落ちていた。

「これ、私がおむすびを包むために形を整えた葉っぱ……？」

昨日ルークさんに渡したはずなのになぜここに？

よく注意して周りを観察してみると、小さく赤い点が飛び散っている。

嫌な予感がしてきた。

赤い点を辿《たど》ってしばらく歩くと、頭上の木々がなぎ倒された痕跡が見つかり、行く手に黒い何かが見えてくる。

「っ……！」

ひと際強く、血の匂いが漂ってきた。

木々が倒れてできた広場に、黒い大きな生き物が横になっている。

硬そうな鱗、鋭い爪、皮膜の張った翼。

自動車二台分はありそうな大きさの、黒い竜がうずくまっていた。

どうしたんだろう……？

傷口から赤い血が流れているから、モンスターでは無いはず。モンスターなら黒いモヤがあふれ出すため間違えようがなかった。

竜をよく見ると、口にはハミのような道具がある。人間に飼われている個体なのかもしれない。

確かこの国には竜騎士がいるはずだ。

傷ついた竜を前にどうしたものかと思っていると、どう猛なうなり声が聞こえてきた。

竜の翼の片方は、根元の辺りでちぎれかけている。痛々しく、とても空は飛べなさそうだ。手負いの竜は威嚇《いかく》するように、金色の瞳でこちらを睨みつけていた。

「……フォルカ様、あの竜を一時的に、大人しくさせてもらうことは可能ですか？」

《我にかかれば造作もないことだ。おまえは我の背中に乗るといい》

私の望みを先回りし、フォルカ様が力を貸してくれる。

フォルカ様が体を光らせながら歩み寄ると、竜がうなり声を止《や》め怯えだした。

かわいそうだけれど、少しだけ我慢してもらおう。

フォルカ様の背中の上から体を伸ばし、傷ついた翼の付け根に手をかざした。

『癒したまえ注ぎたまえ。肉に食い込みし痛切の矢じりを、今ここに癒し消し去らん！』

もし何かあった時のために、と。フォルカ様から呪文を教わっておいて正解だった。

翼の根元へ光が降り注ぎ、みるみる傷が小さくなっていく。ちぎれかけていた翼が、ビデオを逆回しにするように元へ戻っていった。

「ぎゃう……？」

治療を終え離れると、竜が瞳をまたたかせた。

不思議そうな様子で、翼を緩やかにはためかせている。

「ぎゃぎゃっ！」

「良かった。これなら飛べそうかな？」

声をかけると、金の瞳がじっとこちらを見つめた。

縦長の瞳孔の瞳は、焦りを浮かべているような気がする。

傷は治ったのにどうして、と。疑問と嫌な予感が加速していく。

「ぎゃっ！」

竜がひと声鳴き、うずくまっていた体を持ち上げた。

宝物を守るように、竜が今まで抱え込んでいたのは、

「ルークさんっ⁉」

昨日見たばかりの黒髪が、血に汚れ赤黒くなっている。

まずい。かなり出血しているのかもしれない。

フォルカ様に乗ったまま近づくと、ルークさんの体が、革製の鞍《くら》らしき物体を下敷きにしているのが見えた。ルークさんはきっと竜騎士だ。エリートぞろいらしい竜騎士なら、昨日の見事な剣の腕も納得だった。竜に騎乗していた時に、もろとも地上へと落ちてしまったのかもしれない。

「ルークさん‼　私の声が聞こえますか⁉」

「……うっ……」

微かなうめき声。良かった。まだ生きている。

「この血は額から……。それにお腹の方も……！」

血の匂いにせりあがってくる吐き気をこらえながら、全身を確認していく。

額と腹部に傷。左足もありえない方向に曲がっていた。

『癒したまえ注ぎたまえ。肉に食い込みし痛切の矢じりを、今ここに癒し消し去らん！』

必死に呪文を唱える。

まずは一番出血の多いお腹から。次に額、左足と順番に魔術を使っていく。

吐き気を我慢し傷口を見ていると、魔術が効いているのがわかった。

「助かった……？」

立て続けに魔術を使ったせいか、全身がだるさに襲われる。

ルークさんの頬に触れると、微かな呼吸の動きを感じた。顔色は悪いものの、ひとまず峠は越えたのか、呼吸は規則的に繰り返されているようだ。

ひと安心。頬にこびりついた血を拭っていると、ふるりとルークさんのまつ毛が動いた。

「んんっ……？」

「ルークさん！」

呼びかけると緩やかに瞼が持ち上がり、黒曜石の瞳が私を映した。

「……聖女様……？」

ルークさんは何かを呟くと、そのまま意識を失ってしまった。癒しの魔術は、かけられた人間も疲れるものなのかもしれない。

「ぎゃぎゅぅ……」

竜が細長い顔を、ルークさんにしきりにこすりつけている。心配そうな様子だった。

「……ルークさん、どうしよう？」

このままここに放置していては、雨風に打たれ体調が悪化してしまう。私がいる廃屋で休ませようにも、意識の無いルークさんを竜に運んでもらうのは無謀だ。うっかり竜が体を傾けたら、落下して今度こそ死んでしまうかもしれない。

「ぐっ……！　やっぱり重たいっ……！」

フォルカ様から降り、ルークさんの腋の下に腕を回してみるも、少しも持ち上がらなかった。非力な九歳の体が恨めしかった。

《おまえは何をやっているのだ……》

呆れたようなフォルカ様の声。

振り返ると金茶の体が、まばゆい光に包まれ輪郭を崩していった。

「え……？」

「きゅう……？」

コンと同時に、ぽかんと声をあげてしまった。

光が消えるとそこには、すらりと背の高い青年がひとり立っていた。

「え、えぇぇ……？　もしかしてフォルカ様？」

「正解だ」

フォルカ様と同じ声が、青年の唇から飛び出してきた。低く滑らかな、上質な絹のような声色だ。形良い唇には、微かな笑みが刷《は》かれていた。

「……フォルカ様、すごくお美しいですね……」

「だろうな。存分に褒めたたえるが良いぞ」

人間そっくりの姿になったフォルカ様は、すさまじい美青年だった。

金の瞳は涼やかで、長いまつ毛が影を落とす。絶妙な高さの鼻梁と、優美さと力強さの完璧な調和を誇る輪郭。サラサラと光を弾く金茶の髪の上には、一対の三角の耳が鎮座していた。

体も均整が取れていて、和服に似た白い装束《しょうぞく》をまとっている。この辺りでは見ない格好だけれど、フォルカ様にはこれ以上無く似合っていた。背後で揺らめく大きな尻尾が、装いの気品を一層高めていようだ。

「フォルカ様、こんな姿にも変身できたんですね……」

「今はこちらの方がやりやすいからな」

フォルカ様がしりと、ルークさんを担ぎ上げた。

「この姿を他人に見られると面倒だ。さっさと廃屋へと向かうぞ」

「わわっ⁉」

視界が一気に高くなった。

フォルカ様は左手でルークさんを、右腕で私を抱え上げている。

「力持ち……！」

人間に似た姿をしていても、本質はやはり聖獣なのだ。

フォルカ様は涼しい顔のまま、私たちふたりを運んでいったのだった。

☆☆☆☆

廃屋に戻ると、ルークさんを床に下ろしてもらった。布団も寝具も無いけれど、外で寝かしておくよりはマシ……だと思いたかった。

「ぎゃうぅ……」

窓から竜が覗き込んでくる。

ルークさんを追うように、竜も空を飛び廃屋までついてきていた。体が大きく中には入れなかったので、庭で待機しているようだ。

「フォルカ様、ありがとうございました」

ルークさんを運び終えたフォルカ様は、今は狐そっくりの姿に戻っていた。前足をくしくしと動かし毛並みを整えながら、こちらへ語りかけてくる。

《これからどうするつもりだ？　ルークとやら、ここで面倒を見るつもりなのか？》

「とりあえず、ルークさんが意識を取り戻すまでは見守りたいです」

先ほどより顔色は良くなった気がするけれど、いまだ目を覚ましそうな気配は無かった。初めて会った時、切れ長な鋭い目つきが印象的だったけれど、こうしていると子供のようにも見える。二十代半ばくらいかと思っていたけれど、もっと若いのかもしれない。

ルークさんが着ているのは黒い詰襟の上着と長ズボン、それに革製のブーツと黒マントだ。

とりあえず、マントは毛布代わりに体の上にかけておいた。ついでに昨日私がフード代わりにしていた布を頭の下に差し入れ枕にすると、心なしか寝息が穏やかになった気がする。

横に座り見守っていると、フォルカ様が隣にやってきた。

《おまえは人間を恐れているはずだが、ルークは平気なのか？》

「あ……」

言われて気が付く。

今こうしている間も、治癒魔術を使っていた時も、私の体は震えていなかった。血の匂いで気分は悪かったけれど、恐怖は感じていなかった気がする。

「治療に必死だったから、怖がる暇が無かったのかもしれません」

一種のショック療法……とはちょっと違うかな？

わからないけれど、昨日は反射的に怯えてしまったルークさんの近くにいても、今は大丈夫だった。まだ他の人間は怖いけれど、ルークさんへの恐怖感は消えているようだ。
《……きっかけがルークというのは気に食わないが、これで一歩前進だな》
「はい！　……あ、もしかして」
ルークさんの規則的な寝息を聞きほっとしていると、思い返し腑《ふ》に落ちることがあった。
「今までフォルカ様が人間のようなあの姿にならなかったの、私を怖がらせないためだったんですか……？」
《……さあな》
はぐらかすフォルカ様。
でも、私は知っている。
フォルカ様は優しいから、私を気遣ってくれていたんだ。
「ありがとうございます。でもきっと大丈夫です。人間のような姿のフォルカ様も、私は怖いとは感じませんでしたから」
《おまえも今の我より、人に似た姿の方が好ましいということか？》
「どちらの姿でも、フォルカ様はフォルカ様だと思います。だから怖くなかったんです」
《……そうか》
「あ、でもどちらかといったら、今のもっふりしたフォルカ様の方が好きかも？　もっふもふのさらさらで、すごく素敵だと思います」

《……触りたいか？》

「はい‼」

《即答だな。許そう》

お許しが出たので、ぼすりと正面からフォルカ様の体に抱きつく。

あぁ、極楽、極楽。

至福のもふもふだった。

フォルカ様に触れる時間は、私の癒しになっていた。

毛並みに頬を埋めるようにしていると、足元にコンが体をすり寄せてくる。

「ふふ、コンもぎゅーってしちゃうね！」

「きゅっ！」

コンを持ち上げ抱きしめると、くすぐったそうな声があがった。

心ゆくまでもふもふを堪能すると、お礼も兼ねて料理を作ることにする。

「フォルカ様、朝ご飯を作りますね。何か食べたいものはありますか？」

「そうだな――」

返ってきたフォルカ様のリクエストを聞き、私は準備を始めたのだった。

☆☆☆☆☆

「～～♪　～～～♪」
聞こえてくるリナリアの歌声に、フォルカは耳を傾けた。
明るく弾むような旋律は、この世界で生まれたものでは無いのかもしれない。歌詞も由来もわからなかったけれど、澄んだリナリアの歌声は心地良かった。
《知らない歌だな……》
《異世界の記憶と、強い魔力を持った娘、か》
それがどれほどに異質なのか、この世界においていかような意味を持つのか、リナリアにはまだ自覚が全くないようだ。
足りないものばかりの廃屋での暮らしと、対人恐怖症の克服に手いっぱいで、自らについて深く考える余裕は無いのだろう。
《……リナリアは愚かではないが、小さな体にはいささか大きすぎるものを背負っているからな》
フォルカは瞳を細め、横たわるルークに視線をやった。
《またぞろ、面倒くさそうな男と関わりを持ちよって……》
鼻を鳴らすようにして、小さくため息をつく。
過度に人間に介入するのは、フォルカの望むところではなかった。
が、リナリアのことは放っておけなかったし、そうすると連鎖的にルークを無視することもできないでいる。

《……しばらくは我も様子を見ることにするか》

ルークが暴れたならすぐさま叩き出すが、それまでは静観しておく。

リナリアはフォルカに頼りきりになるのを避けようとしていた。

フォルカと出会いその力を知った人間の多くは、あれもこれもと願いを突き付けてきた。人間に似た姿を見せると人々の欲望は加速していき、媚びた視線と下心を向けてくるのが普通だ。

しかしリナリアは違っている。

フォルカの力を知ってなお、それに頼ろうとせず自らの足で進もうとしていた。

リナリアは強大なフォルカの力の一端を知りその正体に興味を抱いても、フォルカが嫌がるとそれ以上深入りはせず、わざとらしく話題を変え明るく振る舞っている。

不器用な、だがいじらしい娘だった。

《……そろそろ米の準備が整い、炊く頃合いか》

いつの間にか、リナリアの歌声は止まり静かになっている。

それを少し残念に思いながら、フォルカは床から体を起こしたのだった。

☆☆☆☆☆

タイミング良くやってきてくれたフォルカ様に火を借り、私はお米を炊き始めた。

もしルークさんに異変があったらすぐに対応できるよう、同じ部屋の中で調理していく。

火加減を見ながら、並行してタレも作ることにした。

「味噌に砂糖、それにみりんを入れて、っと」

ボウル（大きな葉っぱを丸めた植物由来百パーセントのもの）の中に、召喚術で作り出した材料を投入。やりにくいけれど、頑張ってまぜまぜしていく。

作っているのは、焼きおむすびに使う味噌ダレだ。

お米が炊きあがったので、火傷に気を付けて握っていく。軽く形を整えたら味噌ダレを表面に塗り重ね、ひっくり返した鍋の底の上に置いた。

「フォルカ様、弱火でお願いしますね」

《うむ。少し下がっておけ》

フォルカ様が炎を、おむすびの表面スレスレに出現させた。

表面が焼かれ、香ばしい匂いが漂う。

味噌と米、砂糖とみりんの甘い香り。そして少し辛くて、でも爽やかな香りも混じっている。ボウルに使っていた葉っぱの匂いが、味噌ダレに移ったものだ。あの葉っぱは液体が漏れにくく香りも良かったため、ここのところ風味づけも兼ね調理に利用していた。

「箸でひっくり返して、っと」

いったんフォルカ様に火を止めてもらい、おむすびをひっくり返していく。表になった側にうっすらと焦げ色がついたら火を止め、あら熱が取れたら食べ頃だ。

「味噌焼きおむすび、異世界の葉っぱ風味バージョンの完成！」

こんがりつやつやと、焦げ茶色の表面が輝いている。

口に運ぶと甘じょっぱさと味噌の香りと、ほわりとしたお米の味が広がった。

外はかりかり、中はもちもち。味噌のしっかりとした味を楽しめつつ、ほのかな葉っぱの香りのおかげで、後味は爽やかだった。

《塩むすびや梅を入れたもの、海苔を巻いても美味だったが、味噌で焼いてもいけるな》

「お米って万能選手ですよね～」

偉大なるお米様に感謝しほっこりしていると、

「……っ……」

小さなうめき声。

ルークさんの目元が揺れ、手足がぴくりと動いている。

「こ、の香りは……？」

額に手を当てながら、ルークさんが起き上がった。

黒曜石の瞳が瞬き、徐々に焦点を結んでいく。

「ここはまさか……っ‼」

「わっ！」

ルークさんがよろめいている。転んで怪我をさせないよう、私は受け止めようとして、

「うわわっ！」

ルークさんと一緒に体が傾く。

今の私の体では、支えきれないようだ。

《リナリア、怪我は無いか？》

「はい……」

少し背中とお尻を打ったけど、私もルークさんも大きな怪我は無さそうだ。

押し倒されるような格好で、ルークさんの顔が間近に迫ってきている。

ルークさんもかっこいいなぁ。

剣の腕も立つし、とてももてていそうだ。

思わずどきどきしていると、ルークさんが体を跳ね起こした。

「すまない！　失礼を働いてしまった！」

「気にしないでください」

会話をしても、ルークさんに対し恐怖心や震えは出ないようだ。

良かった。これなら普通に話せそうだ。

「ルークさん、昨日は危ないところを助けてくれてありがとうございます。満足にお礼も言えずすみませんでした」

「……君はあの時の子か。こちらこそ怖がらせてしまい悪かったな」

「ルークさんは怖くなかったです。ちょっとあの時は、驚いて混乱していただけです。ルークさんはゼーラお婆さんに頼まれて、私を助けてくれたんですよね？」

「あぁ、そうだ。俺の名前は、ゼーラさんから聞いたのか？」

「はい。きちんとお礼をしたいと思いましたから」

「お礼など……いや、少し待ってくれ」

ルークさんはわずかに眉を寄せ、考えを整理しているようだ。

「……俺は騎竜中にモンスターの攻撃を受けクロルと……黒い竜と墜落したはずだ。クロルは今どうしている？」

「この建物の外で元気にしています。ルークさんをここへ運んだら、追いかけ飛んできました」

「そうか……」

ルークさんの表情が緩んだ。

黒い竜、クロルのことを大切に思っているようだ。

「……俺をここまで運んできてくれたのは君か？」

「そこにいる狐、フォルカと一緒に連れてきました」

言葉も無く座っていた、フォルカ様を指し示した。

事前の打ち合わせで、フォルカ様が聖獣だということは隠し、ただの狐としてルークさんに紹介することにしている。今だけは「様」付けは無しに名前を呼んでいた。

狐の姿のフォルカ様は、いつもよりふた回り以上、体が小さくなっている。少し大型の狐、程度の大きさだ。聖獣というだけあり、色々と細かく姿を変えることができるようだった。

この辺りで狐が人間に懐くことは珍しいが、ありえない話ではないらしい。

ルークさんも疑問を感じた様子は無いようだ。フォルカ様の尻尾にコンがじゃれている姿を見て、親子の狐が私に懐いていると、そう考えてくれたのかもしれない。

「君たちが俺とクロルを助けてくれたんだな」

「はい。傷を負っていたので、魔術で治しておきました」

「……なんだと？」

ルークさんの声が硬くなった。

表情の変化が小さな人だけれど、感情が乏しいわけでは無いらしい。

「魔術で傷を、君が治したというのか？」

「もしかしてまだどこか痛みますか？」

私の治療が不完全だったのかもしれない。

申し訳なく思っていると、

「ありえない……」

ルークさんが言葉を失っていた。

穴が開きそうなほど、じっと私のことを見つめている。

「る、ルークさん？　どうかしましたか？」

「ありえないはずだ。君が俺を見つけてからどれくらいだ？」

「えっと……」

ここまで運んで横にして、その後お米を炊いて……。

「だいたい二時間くらいだと思います」

「二時間……。それだけで傷が跡形もなく……」

ありえない、と、ルークさんがまたもや繰り返していた。

「……そんなに驚くようなことなんですか？」

「驚く、などという生易しいものじゃない。あれほどの傷をひとりで癒すなんて、大陸最上位の神官でも難しいぞ」

「最上位の神官でも難しい……」

何やら、話のスケールがぐぐんと上がった気がする。

「でも私、昔、噂で聞いたことがあります。偉い神官様なら、ちぎれてしまった手足をくっつけて、元に戻すこともできるって」

「そんなことができるのは、本当にひと握りの神官だけだ。しかもそれだって、高価で強力な触媒をいくつも使い潰してようやくだ。君は何か、強力な触媒を持っているのか？」

触媒。

その存在についてはフォルカ様に聞いていた。魔力を帯びやすい物体のことで、触媒があると効率良く、強力な魔術を使うことができるようだ。

「触媒は使っていないはずです」

「……信じられない話だが、俺の怪我はこうして確かに治っている。クロルと墜落した衝撃で意識は朦朧《もうろう》としていたが、それでもかなりの深手を負った感触があった。その全てを、君が触媒も無く治してくれたんだな？」

「はい……」

じわじわと驚きが怖れに変わっていく。

この世界に疎《うと》い私でも、あの治癒の魔術が普通では無いと悟らされた。

知らされた事実の大きさに震えていると、ルークさんが後ろへと下がっていく。

急にどうしたんだろう？

「怯えないでくれ。君が嘘をついているとは思わないし、俺は感謝している」

またもや誤解されているようだ。

切れ長の瞳と、整いすぎた顔立ちの圧力のせいで、ルークさんは普段から子供に嫌われやすいのかもしれない。

「ルークさんが怖いわけじゃないんです。ただ、私の治癒魔術の力について、びっくりしてしまっただけです」

「……君は誰から、治癒の魔術を教わったんだ？　君の魔術をひと目見れば、ただならないことはわかるはずだ」

「それは、えっと、住んでいた村に来た神官様の唱えていた呪文を聞いて覚えました」

フォルカ様に教えてもらいました、とは言えず、あらかじめ考えていた嘘をついた。

ルークさんの反応を見ると、小さくうなり声をあげている。

「詠唱《えいしょう》を聞いただけで魔術を、しかも希少な治癒魔術を習得した……？　君のご両親は高名な神官か、高位の魔術師なのか？」

「たぶん、どちらも違うと思います」

ふるふると首を横に振った。

少なくともお母さんは、叔母さんと同じただの村娘だったはずだ。お父さんについてはよくわからなかったけれど、神官や魔術師という話は聞いたことが無かった。

「ご両親は今何を？」

「ふたりとも、私が小さい頃に亡くなってしまいました」

「……そうか。君は今、どうやって暮らしているんだ？　この村の子供ではないだろう？」

「親戚に森に捨てられ帰れなくなったので、この廃屋にお邪魔させてもらっています」

「…………」

ルークさんが痛みをこらえるように目元を歪めた。

「……この家で、君ひとりで生活しているのか？　食べ物はどうしているんだ？」

「森の木の実を採ってきています。それに召喚術で作った食材もあるので、毎日美味しく食べていけてますよ」

「召喚術で食材を……？」

「はい。昨日ルークさんに渡した食べ物も全部、召喚術で集めた食材で作って――――ルークさんっ⁉」

ルークさんが突然、頭を深く下げた。

「すまないっ‼　そのような希少な品を俺はっ‼　昼食代わりに食べてしまった‼」

「え、えぇえ？」

突然の本気度百パーセントの謝罪に動揺してしまう。私の傍らで、コンも何ごとかと驚いているようだ。

「頭を上げてください。食べ物なんだから、食べてもらって本望ですよ」

「いや、できない。召喚術の粋を集めたあの品を、俺が食べて無くしてしまったんだ」

「召喚術の粋……」

ごくりと生唾を呑み込む。

「普通は召喚術で、食材を作ることはできないんですか？」

「可能だが普通はやらない。魔力の消費とつり合いが取れないからな」

「召喚術って、そんなに魔力消費が大きい効率の悪い魔術なんですか？」

「効率的かは見方によるが……。君は召喚術と、その他多くの魔術の違いはわかるか？」

首を傾げる。

魔術について、私はほぼ素人だった。

フォルカ様の教えで、召喚術の他にも火や水を操る魔術、土でゴーレムを作る魔術の存在などは知っているけれど……。

召喚術と他の魔術について、違いを深く考えたことはなかった。

召喚術でも触媒をそろえればゴーレムを作れるらしいが、ならば召喚術以外で作ったゴーレムとの違いはどうなっているんだろう？

「……教えてもらえますか？」

「召喚術の最大の特徴は、他の魔術と違い生み出された品が残り続けることだ」

「あ、なるほど……」

言われてみれば納得だ。

召喚術で作った料理を食べても、しっかり満腹感は感じられた。お腹の中で消えることなく、食物として存在し消化されている証だ。

「通常の魔術でも仮初《かりそめ》のゴーレムは作り出せるが、一時間と持たず土に戻ってしまうのがほとんどだ。対して召喚術で呼び出されたゴーレムは攻撃を受け破壊されることはあれど、自然と消えてなくなることはまずありない」

「消えることなく残り続ける……。だからこそ召喚する時、たくさんの魔力が必要なんですね？」

「正解だ。コップ一杯の水、あるいはほんの小さなスライムを召喚するだけでも、触媒と念入りな準備を必要とするのが召喚術だ。しかもそれも、既に解明された手順に従うからこそ成功している。食材の召喚については、消費する魔力と触媒の割に合わないからと、ほとんど研究が進んでいないらしい。何年もかけ召喚の手段を模索するくらいなら、金を出して手に入れた方が早いからな」

「なるほど……」

おむすび一個を作るのに何年も何十万円も費やしては大赤字だから、誰も研究をしない。納得しかない話だった。

「……なのに君は、いくつもの食材を召喚しているという。これは間違いなく、召喚術の歴史を塗り替える偉業だ。昨日俺が食べてしまったのは、国宝になってもおかしくない品物だったんだ」

「……さすがに大げさですよ」

まさかの国宝認定を否定しておく。

召喚術で作ったものであろうと、食べ物だからそのうち腐ってしまうのだ。ならば新鮮なうちに、美味しく食べてもらいたかった。

「ちょうどここに、さっき作ったばかりの料理がありますから、おひとついかがですか？」

「もったいなさすぎるぞ……」

遠慮するルークさん。

けれどタイミング悪く、あるいはタイミング良く、その腹が鳴ってしまった。

「ルークさん、さっきふらついていました。血をたくさん流したせいで体に力が入らないんだと思います。倒れないよう、何かお腹に入れておいた方がいいですよ」

「……かたじけない。この恩は必ず返そう」

ルークさんはやはり強い空腹を覚えていたようだ。

味噌焼きおむすびをひとつ、ナプキン代わりの葉っぱでくるみ手渡した。

「嗅ぎ慣れない匂いかもしれませんが、食べられそうですか？」

「ありがたくいただこう」

ルークさんは味噌焼きおむすびに律儀に一礼すると、葉っぱをよけかぶりついた。

「……！」

瞳を見開き、むぐむぐと口を動かすルークさん。

あっという間に食べ終えると、小さく息を吐いた。

「美味いな……！　初めて食べたが、甘さと辛さが絶妙で、とても美味かった。なんという料理なんだ？」

「味噌焼きおむすびという名前です」

ぱくっ
わく
!

にこにこと答える。

味噌と米、受け入れてもらえるか不安だったけれど、好みに合っていたようで嬉しかった。

「良かったら、他の味のおむすびも食べてみますか？ 昨日渡したのは、味噌という調味料以外を使って作ったものです。昨日のおむすびと味噌焼きおむすびと、ルークさんはどれが一番好きでしたか？」

「そうだな……」

考えるルークさんの顔が、険しさを帯びたように見える。

「どうしました？ 昨日のおむすびは、口に合いませんでしたか？」

「……黒い紙のようなもので包まれた、ほのかに塩味がするのは美味しかった」

海苔を巻いた塩おむすびのことだ。

「……だがもうひとつの、中に赤い果実のようなものが入っていたのは……強烈だった。噛むと強い酸味が飛び出してきて、失礼だがつい、毒を盛られたのかと警戒してしまった」

「梅干し……」

考えるだけで、口の中が酸っぱくなる梅干し。

食べ慣れないルークさんには、刺激が強すぎたようだ。

よっぽど衝撃が大きかったのか、今も口を引き結び渋面をしている。

「すみません。梅干しは人を選ぶ食材でしたね。毒はありませんし、念のため浄化の魔術もかけてあるから大丈夫だと思いますが……」

「……ちょっと待ってくれ。食べ物にわざわざ浄化の魔術をかけたのか？」

ルークさんがうなり声をあげている。

……この反応とさっきまでのやりとりのおかげで、鈍い私でもさすがに予想がついた。

「魔力がもったいないから、普通は食べ物に浄化の魔術をかけないものなんですか……？」

「あぁ、その通りだ」

ルークさんが深くため息をついている。

「……君はもう少し、自分の力の使い方について考えた方がいい」

「すみません……」

「時間は空いているか？　魔術については俺もそう詳しくないが、それで良かったら教えよう」

「お願いします！」

食い気味に答えた。願ってもいない申し出だった。

魔術についてはは軽くひと通り、フォルカ様のレクチャーを受けてはいるのだけれど……。

フォルカ様は竜さえビビらせる聖獣だった。

フォルカ様の当たり前は、人間にとって驚きの連続。私はそう悟り始めていたのだった。

☆☆☆☆☆

フォルカ様とコンと一緒に味噌焼きおむすびを食べた後、私はルークさんから魔術の説明を受けることになった。

少し時間がかかり、その間にコンは船をこいでいたけれど、説明はとてもわかりやすかった。専門用語には適宜説明が入れられ、私でも魔術の大枠が理解できる。

ルークさん曰く、魔術には魔力が必要で、この世界の生き物は皆、魔力を持って生まれてくるらしい。

人間の場合はおおよそ百人にひとりほどが、魔術を行使可能な魔力量の持ち主のようだ。

魔術を使うには修業が必要だが、一人前の魔術師は引く手あまたの人気職だった。

この国・ヴェーデルン王国でも、魔術師の育成に力を入れているらしい。

魔力量を測定できる道具を持った魔術師が、各地を巡り魔力量の多い子供を探しているのだ。

「君の暮らしていた村にも二年に一度、魔術師たちがやってきたはずだ」

「忙しくて気が付きませんでした……」

村人は私を嫌っていたし、彼らのお喋りを盗み聞きするような余裕はほとんどなかった。

そのせいで私の持つこの世界の知識は、九歳児基準でもかなり少なく偏っているようだ。

「やはりリナリアは、魔力の測定を受けていないんだな？」

「はい。魔力測定の対象は八歳から十歳なんですよね？　私は九歳だから、次の回の魔力測定の対象だったはずです」

「……君が九歳？」

ルークさんが眉を寄せている。

……やっぱり私の喋り方、子供らしくなくて不自然だったかなぁ。

今のところフォルカ様以外に、前世の記憶については打ち明けないつもりだ。

周りに気持ち悪がられないよう、大人のような喋り方をしすぎないよう気を付けていたけれど、九歳には思えないのかもしれない。

とりあえず誤魔化しておこう。

「ルークさん、魔術に詳しいんですね。実際に魔術を使えるんですか？」

「多少はな」

何てことないように答えるルークさん。けれど、彼自身が言っていたように、魔術を使えるのは百人にひとりの限られた人間だけ。

魔術を使え、竜に乗れ、剣を握れば達人。

かなりのハイスペックぶりじゃないだろうか？

「師匠に比べたら、俺の魔術はまだまだだ。先ほど君にした魔術の説明も、ほとんどは師匠の受け売りにすぎないからな」

「お師匠様、すごい人なんですね。どこかの王宮か、魔術学院に勤めているんですか？」

「……故人だ」

一瞬、ルークさんの瞳が悲し気に揺れ動いた。

悪いことを聞いてしまったのかもしれない。

「すみませんでした」

「……気にしないでくれ。師匠は君とも、無関係ではないからな」

「へ……？」

どういうことだろう？

ルークさんの魔術講義を受けた私は、お師匠様の孫弟子にあたる、っていうことなのかな？

「君が住んでいるこの家は、師匠が昔暮らしていたんだ」

「ここにルークさんのお師匠様が？」

思いがけないつながりに、私はぐるりと部屋を見回した。

「勝手に中に入って、住み着いてしまいすみませんでした……」

「今はもう空き家だ。年に一度か二度、俺が様子を見に来ているだけだ」

「……だからこんなに、住んでる人がいないのに綺麗だったんですね」

庭は荒れ放題、室内にもホコリが積もっていたけれど、壁や屋根にひび割れは無く雨漏りもしていなかった。

「ルークさんがこの家に来るたびに、壊れていた箇所を直していたんですね」

「師匠の形見であり、俺の育った場所だからな」

「この辺りのご出身なんですか？」

「ここからすぐの村、メルクト村の生まれだ」

あそこ、メルクト村って言うんだ。

村を目にしてから十五日目にして、ようやく名前を知ったよ。

「俺の父は物心つく前に、母も九歳の時に亡くなっている。だが、魔力測定で俺の魔力量が多いのがわかったおかげで、メルクト村近くのここに住処を構えていたヤークト師匠に引き取られたんだ。十四歳で王立魔術学院に入るまでの五年間、師匠の一家に世話になっていた」

この家にヤークト師匠たちは家族で住んでいて、でも今は誰もいない。

ルークさんの瞳の翳《かげ》りもあり、不吉な想像が思い浮かんだ。

「だが、俺が十五歳の時、師匠たち一家は全員亡くなってしまった。今はもうこの家には誰もいないから、君が自由に使うといい」

「赤の他人の私が本当にいいんですか？」

「無暗に荒らさなければそれでいい」

「……ありがとうございます」

私はほっと肩の力を抜いた。

気がかりだった不法侵入状態が、一応解消されたようだ。

ヤークト師匠たち一家に何があったか気になるけれど、事情ありげなルークさんの様子に、突っ込んで聞くのはやめにしておく。

「掃除をして、綺麗に使わせてもらいますね」

「あぁ、それはありがたいが……。ここには掃除用具も調理器具も、家具もほとんど残っていないはずだ」

「……壊れかけの椅子とボロボロの布、鍋と三脚くらいですね」

「その鍋ならたぶん、俺が置いていったものだ。この屋敷に来る時は泊りがけが多くて、鍋があると便利だったからな」

「あれ、ルークさんのものだったんですね」

「これからは君が使うといい。他にも欲しい調理器具や家財があるのなら、できる限り持ってきてやるぞ」

「そんな、悪いです。そこまでしてもらうわけにはいきません」

断ると、ルークさんの眉間に皺が寄った。

怒らせてしまったのだろうか。

「……これでも全く足りないぞ。俺の傷と、それとクロルの傷を癒したのも君だろう？　おまけに貴重な食べ物までもらったんだ。俺に恩を返させてくれ」

怒っているのではなく、困っているようだ。

真面目で律儀な性格らしかった。

「……わかりました。でしたら調理器具や生活用品が売っているメルクト村の店まで案内してもらって、私の買った道具をここまで運んでもらえませんか?」

元々、身の回りのものをそろえるために、村へ買い出しに行くつもりだった。が、まだ村へひとりで行くのは正直怖いので、土地勘のあるルークさんが同行してくれるのは心強い。

「案内と荷物運びだけでいいのか?」

「すごく助かります。椅子とか机とか、大きなものは私じゃ運べないと思いますし」

試しに壊れかけの椅子を持ち上げようとし、腕がぷるぷると震えた。筋力も腕の長さも、足りないものばかりのようだ。

「……わかった。出発はすぐでも構わないか? 念のため、クロルは夕方まで休ませてやりたいから、歩いて移動したいんだ。そろそろここを出ないと、帰りは暗くなりそうだ」

「はい! 調理に使った鍋を洗って支度をしてくるので、少しだけ待っていてもらえますか?」

「あぁ、承知した」

鍋を洗い手早く身支度……といっても、ボロ布をフード代わりに被って、銀貨入りの袋を持てば準備完了だ。ルークさんに聞こえないよう、傍らでやりとりを静観していたフォルカ様に小声で話しかけた。

「フォルカ様、買い出しに行ってきますね」

《気を付けるようにな。我も少し距離を置き見守っているから、何かあれば呼ぶといい》

「はい、ありがとうございます」

「こきゅんっ？」

もう行っちゃうの？　遊んでくれないの？

と言うように鳴くコンをひと撫でして、私はルークさんと家を出たのだった。

☆☆☆☆☆

「よぅルーク。村に戻ってきてたんだな」

ルークの知り合いギグの出した声に、リナリアがびくりと体を震わせた。

「今夜あたり、マルク親父も誘って飲まないか？」

「……今日のところは遠慮しておく。この子がいるからな」

「その子誰だ？」

ギグがひょいと、リナリアのフードを覗き込もうとする。

ルークはすばやく、リナリアを守るようにマントで隠してやった。

「よせ。この子は人見知りだ」

「お、そうなのか。怖がらせてごめんな」

眉を下げ謝るギグ。

少しお調子者だが、おおよそ善良な気性の持ち主だ。

「しゃーない。酒はまた今度にするか。また都合のいい日にうちに来てくれよ」

ひらひらと手を振り、ギグが去っていった。

するとリナリアが、フード越しでも体の力を抜いたのがわかった。

「大丈夫か？」

「……はい」

気丈に答えつつも、リナリアの顔色は良くなかった。

（人間が怖い、か。今までずいぶんと、辛い目に遭ってきたんだろうな）

怯える様子が痛ましかった。

リナリアは自身の境遇について多くを語らなかったが、それでも伝わってくるものはある。

最近捨てられたと言っていたが、捨てられる前も間違いなく、ロクな扱いはされていないと察せられた。中年にさしかかる年頃の男女が特に苦手だというのもおそらく、リナリアの養父母にあたる人間が、虐待同然の行いをしていたからだ。

（……でなければリナリアがこれほど、小柄なのはおかしいからな）

九歳です、と言われた時、ルークは耳を疑ってしまった。

高めに見ても六、七歳にしか見えなかったからだ。

受け答えはしっかりしているが、身長が低すぎだった。成長期の体に、満足に食べ物を与えられていない証拠だ。

（年の割に聡いのも、周りが敵ばかりの状況で、賢くならざるを得なかったからだろうな）

ルークに対しても迷惑をかけないよう遠慮した様子で、それが少しはがゆかった。

（リナリアは俺とクロルの命を救ってくれた恩人だ。自分も捨てられ大変だろうに心が優しい子だ。師匠の家に住んでいるのも何かの縁。俺なりに彼女の力になりたい……）

九歳にしては小さすぎる背中を見て、ルークはそう願ったのだった。

☆☆☆☆☆

――その日、ユアンの住む村は浮足立っていた。

リナリアがいないためユアンは楽しくなかったが、村人たちは興奮し広場に集まっている。

待ち望まれた一団が、村中央の広場にやってきたのだ。

二年に一度、子供たちの魔術測定のためやってくる魔術師は、村をあげもてなされている。

高い魔力量の持ち主だと判明すれば、平民でも王宮務めへの道が開かれることがあった。

八歳から十歳の子供を持つ親は皆、一様に期待を込め魔術師を見ている。

ユアンの両親も、そんな親たちのうちのひと組だった。

今年十歳になったユアンの姉マリシャが、魔術師のひとりの指示のまま、指先から血を垂らした。

「お、おおぉっ……‼」

血が落ちた金属の板がぼぅと白い光を放つ。

光を見た魔術師たちは皆一様に、驚愕に顔を歪めていた。

「これほどの魔力の持ち主は貴重だ……！」

「この村どころか、俺たちが魔力測定を担当する区域で一番じゃないか？」

「しかも色は白。希少な光属性だぞ！」

ひそひそ、ざわざわ。

魔術師たちから聞こえる言葉に、村人たちのざわめきも大きくなっていく。

「この少女の両親はどこだ？」

「はいっ！　俺たちです！」

ユアンの隣にいた両親が、魔術師たち一団の長の元へ歩いていった。

取り残されたユアンはぽつんと、家族たちと魔術師の会話を聞いていた。

「この子は素晴らしい魔力の持ち主だ！　これほどの逸材は私も初めて見たぞ！」

褒めたたえる魔術師の声に、マリシャの唇が吊り上がる。

気が強いマリシャは、目立つことがとても好きだった。だからこそ自分よりも人目を集める容姿をしていたリナリアを、殊更きつく虐めていたのだ。

この場の主役となったマリシャは、物おじすることなく魔術師に話しかけた。

「ふふ、うふふふふ‼　私、王都の魔術学院に通って、とっても偉くなることができるのよね？」

「もちろんだが、それだけじゃない。君が望むなら、近く王宮へと招かれるはずだ」

「ほ、本当ですか⁉　本当に娘が王宮に上がれるんですか⁉」

降ってわいた幸運に、マリシャの父ギリスが唾を飛ばし叫んだ。

魔術師は一瞬不快な表情を浮かべるも、すぐさま媚びるような笑みを浮かべた。

「おまえたちの娘の持つ魔力は類稀《たぐいまれ》なるものだ。わしが上に報告すれば、すぐに王都からこの村へ迎えがやってくるはずだ」

「やった！　王都で暮らせるのね‼」

マリシャが頬を紅潮させ飛び跳ねている。

早くも王都の華やかな暮らしを想像し浮かれているようだ。

「俺たちにも運が向いてきたな……！」

ギリスが娘の幸運のおこぼれに思いを馳せ表情を緩めている。そして村人たちもまた、マリシャたち一家からの心証を良くしておこぼれにあやかろうと、盛んにマリシャを褒めちぎっていた。

「みんなお姉ちゃんに群がってて変なの……」

マリシャを持ち上げる狂騒の波に乗り損ねたユアンは、ぽつりと呟いたのだった。

第四章　「料理で村とつながって」

ルークさん案内の買い出しによりたくさんの道具と食材を、私は一度に手に入れることができた。

「お玉に包丁、フライパン、フォークにスプーン、コップにお皿に――」

鼻歌を歌いながら小テーブルの上へと、買い出しの成果を並べていった。

文明的な生活ばんざいっ！

木彫りの皿を手に、うきうきと心が弾んだ。

皿の置いてある小テーブルも買い出しで手に入れた品で、ルークさんがここまで運んでくれていた。ルークさんはとても親切で、ありがたいことにこれからも何かあれば、手伝おうと言ってくれたのだ。

「ルークさんと、それにゼーラお婆さんにも、またお礼をしにいかないとね」

これだけ道具がそろえば、ぐっと料理のレパートリーも増えるはずだ。

美味しい料理が作れたら、ふたりにお礼として持っていこう。

《ふむ、道具もそろったようだし、これから何を作るのだ？》

フォルカ様が横から、テーブルを覗き込んでくる。

ルークさんがいる間はただの狐のフリをして黙っていたけれど、昨晩ルークさんがクロルに乗り去っていくと、フォルカ様はすぐ私との会話を再開したのだった。

「新しい料理に挑戦しようと思います。今日は肉がありますからね！」

頬がゆるゆると緩んだ。

肉！　肉！　お肉様っ‼

お肉様がどーんと、テーブルの中央に乗っかっている。

鶏のもも肉に、テンションがぐんぐんと上がっていく。

《……おまえ、それほど肉が好きだったのか？　我が猪を狩ってこようとした時は、いらないと即答していたではないか》

「お肉は好きだけど、解体は難しいですから……」

前世は節約のため自炊し、転生後も炊事を行っていたけれど……。

さすがに本格的な血抜きや解体の経験は無かった。

フォルカ様に頼めば解体も何とかしてくれそうな気もするけれど、あまり頼りすぎるわけにもいかない。召喚術では今のところ肉や魚そのものを作るのも無理なので、久しぶりのお肉様なのだった。

「調理の前に浄化浄化、っと」

念のため、もも肉にも浄化の魔術をかけておく。

……ちなみにこの浄化の魔術、ルークさん曰く普通は瘴気という有害な物質に汚染された物体や生物、空間に対して使う術らしい。殺菌・消毒作用は副次的な効果のようで、私のように食べ物に対して使う人間はほぼいないらしかった。

浄化は光属性の魔術であるため使い手が少なく、触媒抜きでは握り拳一個分の大きさを対象に使うだけでもそこそこ魔力を食うため、まず日常生活ではお目にかからないそうだ。

「……けど、使えるものは使ってこそだよね」

食中毒は怖いもんね。

もし浄化の魔術が無かったら、私はお腹を壊し死んでいたかもしれない。

「浄化はこれで完了。まずは下ごしらえをして……」

もも肉に切れ込みを入れ、余分な脂を取り除いていく。革にぷすぷすとフォークで穴をあけ、下味をつけていった。

調味料は買い出しで手に入れた塩と、召喚術で手に入れたコショウだ。塩は比較的安く売っていたけれど、コショウは貴重で、大きな町に行かないと手に入らないらしい。これからは安価な食材はメルクト村で購入し、高かったりそもそも店に並んでいない食材のみを、召喚術で補っていく方針だ。

下味をもも肉に馴染ませてる間に、にんにくを薄切りにしていく。

フライパンにさっと油を引きにんにくを炒め、こんがりしたら取り出す。

次はもも肉を皮を下にして入れ、皮がカリッとするまでフォルカ様に中火で焼いてもらう。もも肉を裏返したら火を弱めて五分ほど焼き、フォークで差し透き通った汁が出たら火を止める。そのまま更に二、三分置いたら皿に移し、塩、コショウを振りにんにくの薄切りを盛りつけ完成だ。

「ガーリックチキンソテー、できあがりっ！」

匂い立つにんにくの香り。こんがりと表面が焼かれたもも肉。

切り分けると肉汁があふれ出し、ツヤツヤと皿の上で煌《きらめ》いた。

外はカリッ、中はじゅわり。

香ばしい皮と、柔らかくほぐれる肉からうま味が迸《ほとばし》るようだった。

「んん～～～。お肉っ！　お肉最高‼　圧倒的お肉の美味しさっ‼　今日の私はお肉を食べるために生きてるっ‼」

《おまえ、本当に肉が好きなのだな……》

フォルカ様はやや引いた様子を見せつつ、しっかりとガーリックチキンソテーを完食していたのだった。

☆☆☆☆☆

ガーリックチキンソテーを皮切りに、私は前世で食べた料理の再現に挑戦していった。

買い出しで手に入れた食材をメインに、足りない分を召喚術で用意していく。

「う〜ん、今日は失敗かぁ……」

ぶすぶすとフライパンの上で、豚肉が焦げついてしまっている。

豚肉の味噌漬け焼きを作ろうとしたのだけれど……。

予想より肉がフライパンに張り付き、火の通りが早くなったのかもしれない。

油はちゃんと引いたはずだから、肉の下ごしらえが悪かったのか、フライパンとの相性が悪いのか……。

原因を考えつつ、焦げた豚肉を胃に収めていく。

前世とは使っている道具が違うし、豚肉やもも肉も、品種改良された日本のものとは細かな性質が違っているのかもしれない。

火力調整はフォルカ様のおかげで安定しているけれど、料理の成功率は半々だ。

ルークさんと一緒に行った買い出しから四日。

そろそろ足の早い食材が尽きてきたので、またメルクト村へ行く必要がありそうだ。

「肉に葉野菜、追加でスプーンを二本買って、それからそれから――――」

買い物リストを整理し、やるべきことを羅列していく。

今度はルークさんがいないし、しっかり準備していかないとね。ゼーラお婆さんとなら話せそうだけれど、知らない人やギリスおじさんに似た人は難しいかもしれない。

できるだけうろたえず、不審者に見られないよう頑張ろう。

翌朝、少し早めに朝ご飯を食べもろもろの準備をすると、私はメルクト村へ出かけた。大人なら片道十分とかからない距離が、短い足ではとても遠く感じる。

「おっ、嬢ちゃん、今日もお使いかい？」

「こんにちは」

三度目の村への訪問で顔見知りになりつつある、門番の青年と軽く挨拶を交わした。簡単なやりとりだけれど、これでもつっかえまくった初対面の時と比べ、だいぶ進歩している。

「まだちっこいのにえらいな。転んだりしないよう気を付けて行けよ」

「はいっ！」

返事をしてフードを被り直し、とことこと村の中を歩いていく。歩幅が小さいので、速度はだいぶゆっくりめだ。

「こんにちは、今大丈夫ですか？」

魔石換金所、ゼーラお婆さんの店の扉を開いた。

お客はいないようで、カウンターの奥でゼーラお婆さんが魔石を並べている。

「お嬢ちゃんかい。ほらほら入っておいで」

「お邪魔します」

家から持ってきた荷物を、カウンターの上へとのっけた。カウンターの天板は私の目の高さのため、荷物を見上げるような格好だ。

「この前のお礼を持ってきました。料理を作ったので、受け取ってもらえますか？　お昼かおやつにでも、食べてもらえたら嬉しいです」

荷物から布包みをふたつ取り出す。

ゼーラお婆さんがさっそく、布を広げ中身を確認した。

「ありがたいねぇ。そろそろお昼が近いし、今すぐいただこうか。これはパンかい？」

「楕円のパンの真ん中を切って、間に鶏肉と野菜を挟んであります」

「鶏肉は私の好物だよ！」

ルークさんにゼーラお婆さんの好みを聞いておいて良かった。

ゼーラお婆さんは笑顔で皺を深めると、がぶりとパンへ食いついた。

「いいね！　これは美味い！　柔らかい鶏肉、しゃきしゃきとしたレタス、甘辛いタレ。初めて食べるタレだけど、鶏肉によく合っているね」

「照り焼きのタレです」

酒、醤油、みりん、砂糖。基本の四つに、にんにくを少量入れたレシピだ。

前世で作っていたタレを再現したもので、甘辛く肉の味を引きたててくれている。

「へぇ、そんな美味しいタレがあるんだねぇ。どこで買ってきたんだい？」

「私が作りました」

「……お嬢ちゃんがかい？」

照り焼きサンドと私を、ゼーラお婆さんがしげしげと見ている。

「こんな美味いものを、お嬢ちゃんがひとりで作ったのかい？」

「はい。今家にいる人間は、私ひとりだけですから」

ルークさんと相談した結果、私はヤークト師匠のとお～～～い親戚を名乗ることになった。

戸籍とか住民票とか、日本より色々緩いとはいえ……住所不定・血縁不明ではさすがにまずいもんね。

家族とのいざこざの結果、遠い親戚のヤークト師匠を頼りやってきた私。しかし既にヤークト師匠は故人だったため、空き家となった家にとりあえず住むことにした、という設定だ。

ルークさんもこの設定に協力してくれるそうで、ひとまずは安心して、あの家で暮らせそうだった。

「あの広い家でひとりじゃあ寂しいんじゃないかい？」

「狐たちが一緒だからへっちゃらです」

「狐……変わった子だねぇ」

「へへ、よく言われます」

私は笑うと、話題を他へ逸らすことにした。

「照り焼きのタレがお口に合ったなら、タレを容器に入れて分けましょうか？」

「……いや、遠慮しておこう」

ゼーラお婆さんはそう言うと、残りの照り焼きサンドをたいらげていった。

「うん、ありがとう。満腹だ。美味しかったよ。お嬢ちゃんはいつも、自分で作った料理を食べてるんだね？」

「そうしてます。この前ルークさんが買い出しに連れてきてくれて、調理器具がそろったおかげです」

「そうかい。……なら卵料理もできるかい？」

「目玉焼きとかスクランブルエッグとか、簡単なのならできると思います」

「すくらんぶるえっぐ？」

あ、こっちでは知られていないのか。

軽く説明しておこう。

「卵と牛乳を混ぜて溶いて、ふわっと炒めた料理です」

「へぇ、牛乳と。悪くなさそうな組み合わせだが、美味しいのかね？」

「……今度持ってきましょうか？」

少し悩んでから提案をした。

ゼーラお婆さんはいい人だ。おかげで私の対人恐怖症も出ていない。この前のお礼もあるし、また料理を届けるのもいいかもしれない。

「おやおや、嬉しいことを言ってくれるねぇ。よし、ちょっと待っておいで。卵を取ってくるよ。

今朝もいくつか、うちの鶏たちが産んでいたからね」

ゼーラお婆さんがカウンターの奥に引っ込んでいく。

この建物はどうやら、店舗兼自宅でもあるようだ。間もなくして、バスケットを片手にゼーラお婆さんが帰ってきた。

「ひぃー、ふー、みー、よー……全部で九個だね。これだけあれば、そのすくらんぶるえっぐには足りるかい？」

「十分だと思います」

布の上に並ぶ、ころりと楕円形の九個の卵。これだけあれば一、二度の失敗も問題ない。ゼーラお婆さんに、美味しい料理を届けられそうだ。

「ありがとうございます！　でしたら明後日、風の日のお昼前に持ってきてもいいですか？」

この国は日本と同じように、七日間で一セットの曜日の概念があった。

地の日、水の日、火の日、風の日、闇の日、光の日、無の日。

創世神話に登場する七柱の神に由来しており、一般的に光の日と無の日の二日は休日になっている。

「風の日なら店番してるから問題ないよ。楽しみに待ってるさね。余った卵は、お嬢ちゃんが食べておくれ」

「はい！　卵ありがとうございます！」

ゼーラお婆さんにお礼を言い、店を出ることにする。

ドアノブに手をかけ、外へと開いたところで、

「わぁ……！」

大きな影が落ちた。

羽ばたく巨大な翼。日差しを弾き黒く光る鱗。細長い頭部はまっすぐと、飛び行く空へと向けられている。

ルークさんを乗せたクロルだ。クロルは頭上を通りすぎると、少しして着陸したようだった。

「かっこいい……！」

竜、すごいなぁ。

何度見ても、感激し声があがってしまう。

幼い体の影響か、前世よりずっと、感情が表に出やすくなっている気がする。

感動の余韻に浸りつつしばらく歩いていると、背後から声をかけられた。

「リナリア、村に来ていたんだな」

「ルークさん、こんにちは」

上空から私を見つけたらしい。マントを翻しルークさんがやってきた。

「今日はゼーラさんのところに来ていたのか？」

「この前のお礼に、料理を持ってきました。美味しく食べてもらえたみたいです」

「そうか。良かったな」

「はい！　ルークさんのおかげで調理器具がそろえ――――――どうしたんですか？」

首を傾げる。

ルークさんが何やら、こちらへと手を伸ばし固まっていた。

「ルークさん？」

「……撫でてもいいだろうか？」

「へ？　……どうぞ」

答えると頭に触れる、硬く大きな掌。

遠慮がちに一、二度、頭を撫でてくれた。

「お礼の料理、上手くいって良かったな」

褒めてくれたらしい。

くすぐったいなぁ。

照れるし恥ずかしくて、でも優しさが嬉しかった。

「……ありがとうございます。このために、クロルから降りてきてくれたんですね」

「気になっていたからな。ゼーラさんとはよく喋れたか？」

「ゼーラお婆さん、とても良くしてくれました。こうして卵までもらっちゃいました。お礼に今度、卵料理を届けにこようと思います。……あ、そうだ」

頭の中で卵の数と、作れる料理の量を確認する。

「良かったら、ルークさんもひとついかがですか？　明後日の昼前に、ここへ持ってくるつもりなんですけど……」

「……俺がもらってもいいのか？」

「ルークさんにはお世話になってますから」

私の身元を保証し、あの家に住む許可をくれたルークさん。身寄りの無い私にとって、恩人であり大家さんのようなものだった。

「世話になり具合なら俺の方が数段上だが……。好意はありがたく受け取ろう。明後日、ゼーラさんの店にお邪魔すればいいか？」

「はい！　ちょうどこれくらいの時間にお願いできますか？　お仕事の予定は……」

大丈夫ですか、と聞こうとして。

ルークさんが日々、どのように暮らしているか知らないのに気が付いた。

「……ルークさんは竜騎士として働いてるんですよね？」

「そうだ。この村にやってきたのも任務の一環だ」

「任務……」

「詳しくはすまないな」

職務上の守秘義務にあたるのかもしれない。

竜騎士って確か、国中でも百人といないエリートのはずだ。そんなルークさんがなぜこの村にやってきているかはわからないけれど、何か事情があるに違いなかった。

「わかりました。明後日また、お会いできたら嬉しいです」

「あぁ、楽しみにしている。君はこれから、家に帰るところか？」

「はい。一旦帰るつもりです」

「クロルに乗せ送っていこう」

「あ、それは大丈夫です」

今日も私の近くにはひっそりと、フォルカ様がついてきてくれている。置き去りにするわけにはいかなかった。

「遠慮しなくてもいい。クロルの翼ならすぐだ」

「えっと、その……あ、卵があります！　私、クロルに乗るの初めてだから、びっくりして卵を落として割っちゃうかもしれません」

「卵は俺が持とう」

「あ」

ひょいと、卵入りのバスケットが持ち上げられた。

ルークさんがすたすたと、マントを翻し歩いていく。好意を無下にすることもできず、そっと後ろへ頭を下げ、見守ってくれているフォルカ様に謝っておく。

ルークさんを追いかけると、空地にクロルが伏せるように座っていた。

「ぎゃうっ！」

「わわっ！」

長い首を伸ばし、クロルが鼻先を寄せてきた。

すんすんと、私の体を嗅ぎ回っている。私の掌よりも大きな瞳が、間近でぱちぱちとまたたいていた。

「クロル、どうしたの？」

「きっと、君が持ってきた料理の残り香を感じたんだ。クロルは食べるのが好きだからな」

「ふふ、食いしん坊なんですね」

硬い鱗に覆われ立派な姿をしていても、お腹は空くというのが少し面白かった。前世では空想の存在だった竜も、実在の生物として存在するこの世界では、食事が必要なようだ。

「クロルは人間の料理も食べられるんですか？」

「酒以外はおおよそ問題ない」

「なるほど。じゃあ、今日乗せてもらうお礼に、明後日はクロルの分の卵料理も持ってきましょうか？」

「ぎゃっ！」

クロルが答えるようにひと声鳴いた。

「……お返事した？　言葉がわかるの？」

「いいや、クロルは言葉を理解していないはずだ」

ルークさんが解説してくれる。

「だが、竜とは賢い生き物だからな。人間の動きや顔色を読み、おおよその意志の疎通は可能だ」

「へぇ〜〜、すごいですね」

感心していると、クロルが頷くよう首を振っている。人間の仕草を理解し模倣して、相槌を打っているのかもしれない。

「クロル、今日は家までよろしくね」

「ぎゃぎゃっ！」

鳴き声をあげるクロルは、体の大きな犬のような印象だった。

ルークさんの許可を得て、そっとクロルの首元へと手を伸ばす。

鱗に触れると思ったより温かく、人肌よりわずかに冷たいくらいだ。色が黒いから、太陽の光を吸収し温まっているのかもしれない。

すべすべとした鱗を撫でると、小さな私でもやりやすいよう、クロルが首を低くしてくれた。

「鱗、綺麗ですね。生え変わったりするんですか？」

「十数年ごとに古い鱗が時折はがれて、新しいものになるな。普段は俺が暇を見て、体を洗ってやっている」

「立派な鱗は、ルークさんのお世話と愛情のおかげなんですね」

だからこそクロルは、ルークさんに懐いているんだろうな。

クロルさんの許可を得た私が触るのも、受け入れてくれているようだ。

「これなら、クロルも君を乗せてくれそうだな」

「拒否することがあるんですか？」

「ある。誇り高い竜は、気に食わない相手を背に乗せようとはしないものだ。もっとも君なら、問題無いだろうと思っていたがな」

ルークさんはそう言うと腰のポーチから、何やらベルトのようなものを取り出した。

「念のため、君には命綱をつけてもらおう」

「お願いします」

少しドキドキしながら、ルークさんの言う通りベルトを巻き鞍に連結してもらう。

怖いけれど空を飛ぶのは楽しみだ。

ルークさんに抱えられるようにして、鞍の前へと腰を下ろす。

「離陸時は少し揺れるから、念のため口を閉じておいてくれ」

黙って頷く。

するとルークさんが手綱を引き――――

「‼」

ふわり、と。

覚悟していた衝撃も無く、体が宙へと浮かび上がった。

羽ばたく翼。滑らかな上昇。

規則的な揺れと共に、ぐんぐんと地上が遠ざかっていった。

「……すごい……！」

思わず声が漏れてしまう。

翼が上下するたび、景色がどんどん背後へと流れていった。

頬を撫でる風。遮るものの無い日差し。

風になったようで気持ち良かった。

クロルが穏やかに飛んでくれているおかげか、強い揺れは感じない。背中をルークさんに支えられて落下の恐怖も無く、快適な空の旅を楽しむ余裕があった。

興奮しているうち、高度が緩やかに下がっていく。

わぁ、住んでいる家、上から見るとあんなふうなんだ。

赤茶色の屋根が大きくなり、やがて庭へと、クロルがふわりと着陸した。

「――よし。もう動いても大丈夫だ」

命綱が外され、鞍の上から降ろされる。

地面を踏みしめ感触を確かめていると、バスケットが差し出された。

「……楽しかったか？」

「はいっ！」

私は強く頷いた。

空を舞う快感。自由になったような感覚。

これを体験させてくれるため、ここまでクロルで送ってくれたようだ。

「とっても楽しかったです！　お礼の料理、がんばって作りますね！」

私はそう言うと、バスケットの持ち手を握りしめたのだった。

☆☆☆☆☆

「よぅ、嬢ちゃん。今日もゼーラ婆さんのとこか？」

「こんにちは！　今日もお仕事ご苦労様です」

顔見知りになった門番の青年ガーディーさんと挨拶を交わした。

ゼーラお婆さんに照り焼きサンドを持っていってから二十日ほど。

ここのところ私は、一日おきにメルクト村へ足を運んでいた。

ゼーラお婆さんの元へ料理を届け卵をもらい、買い出しで食料を補充。翌日は料理の研究と掃除にあて、また次の日に村へと向かう。そんな生活のリズムができあがっていた。

村の中を歩くと、何人かに声をかけられる。

村人たちも、そして私も、お互いの存在に慣れてきていた。

私の対人恐怖症も、少しずつ改善している。村は人の出入りが少なく、気性の荒い人間も少ないようで、ビクリとすることは少なくなっていた。ゼーラお婆さんやルークさん、よく訪れる食料店の人たちなど、会話を交わせる相手も増えている。

しばらく歩いていると、頭上を大きな影がよぎった。

クロルに乗ったルークさんだ。

少し先の空き地にクロルを着陸させ、こちらへと歩いてきた。

「俺が持とう」

ルークさんがひょいと、私の持っていた荷物を持ち上げる。

料理入りの箱を包んだ荷物は、今の私の体には少し大きい。重さから解放され楽になった。

「今日は遅くなりすまなかったな」

「助かります。お仕事が長引いたんですか？」

ルークさんは私をクロルに乗せ運んでくれたり、荷物運びを手伝ってくれているけれど、今日は何やら用事があったようだ。

「そんなところだ」

言葉少なく答えるルークさん。

先ほどクロルは村の外、森のある方角から飛んできたようだ。どうもルークさんは、森で仕事を行うことが多いらしい。家から窓を見た時、森の上を飛ぶクロルを見かけることが何度かあった。以前、クロルと傷を負い森に落ちたのも、仕事でトラブルがあったのかもしれない。危険があるようで心配だった。

「……お仕事で何か、怪我とかはありませんか？」

「大丈夫だ。だが、いつもより体を動かし腹が空いている。料理が楽しみだな」

会話をしながら歩いていると、ゼーラお婆さんの店に到着した。

歓迎を受け、いつものように料理をカウンターに並べていく。

「お、今日はオムライスだね」

「これをかけたら完成です」

陶器製の小瓶から、小さじでケチャップをかけてやる。

とろり、とろりと。

ケチャップを少しずつオムライスの上へ垂らしていった。

前にオムライスを出した時、ケチャップで絵を描いてみたところ好評。なので家で練習し、ゼーラお婆さんの店、魔石換金所の看板の図案を、デフォルメしてケチャップで描けるようにしてきた。

「できあがりました！」

「おぉ～～。うちの看板を描いてくれたのかい。器用だねぇ嬉しいねぇ」

褒めてくれるゼーラお婆さん。

食卓となったカウンターを囲むのは私とルークさん、ゼーラお婆さん、そしてゼーラお婆さんの夫のジリスお爺さんだ。ジリスお爺さんも、私のことを孫のようにかわいがってくれていた。

「んむ、今日も美味いな」

むぐむぐと、オムライスを呑み込むジリスお爺さんの横で、ゼーラお婆さんが笑顔を浮かべた。

「卵はふわふわ、中はずっしり。このお米とやらも、慣れると美味しいもんだね」

「わかります。お米って美味しいですよね」

ゼーラお婆さんの言葉に、私は頷き同意を返した。

塩、コショウとケチャップで炒めたお米には、たっぷりとうま味が染み込んでいる。混ぜ込んだ玉ねぎともも肉、弾力のあるソーセージの食感も楽しい。具材を包み込む卵、かけられたケチャップがアクセントになり、どんどんとスプーンが進んでいった。

付け合わせのレタスとトマト、瓶に入れ持ってきたオニオンスープを食べ終わった頃には、すっかり満腹になった。

「よく食べた、よく食べた。リナリア嬢ちゃんの料理は美味しいね」

心地良く重たくなった腹を抱え、四人でしばらく談笑する。

主に喋っているのはゼーラお婆さんと私だ。ルークさんとジリスお爺さんは聞き役に回ってくれている。

お喋りを楽しんでいるとルークさんが立ち上がり、挨拶と共に店を出ていった。そろそろ仕事に戻る時間のようだ。

「それじゃあ、そろそろ私も帰りますね」

軽く椅子を引き立ち上がる。ゼーラお婆さんたちにも仕事があった。魔石換金所を訪れるお客は多くないけれど、接客以外にもやることはあるようだ。

「……ちょいと待っておくれ」

いつもは家で採れた卵を渡されて送り出されるところ、ゼーラお婆さんに引き留められる。

「どうしたんですか？」

「これから買い出しかい？」

「そのつもりです。何か明後日の料理にリクエストと、必要な食材はありますか？」

「いんや、違う。……ちょいと気になっていたんだが……」

「何ですか？」

言いよどむゼーラお婆さんを促す。

「お節介かもしれないけどねぇ。あんた、お金は大丈夫なのかい？」

「……今のところは」

曖昧に答えておく。

魔石を売ったお金がまだ手元にあるし、私には召喚術もあった。

日々召喚術を使い続けた結果、私とフォルカ様、それにコンの分くらいなら、術で作った食材で余裕をもって賄うことができるようになっている。

食材のレパートリーを増やすため、肉類や野菜を村の食料品店で買っているけれど、そちらは大した額では無かった。

メルクト村は村人の多くが農家で、酪農を行っている家もいくつかある。輸送代がかからないため、一般的な食材は安価で手に入るようだ。

だから、このままのペースならあと数か月、召喚術を多用すれば何年でも、食べるには困らない計算になるのだけれど……。

何かあった時用に貯金が欲しいし、お金を貯めるための仕事を見つけたかった。

それに加えて、私は召喚術のことを、ルークさん以外の人間には秘密にしている。オムライスに使った米も、『フォルカ様とコンが森で集めてきた植物を加工したもの』と説明をしていた。

そのためゼーラお婆さんからしたら、私がすぐにでも金欠にならないかと心配なようだ。

「この村で、私にもできる仕事ってありますか？　簡単な計算はできるので、店番ならこなせるかもしれません」

「謙遜はおよし。リナリアお嬢ちゃんほど計算が早い人間、この村じゃかなり貴重だよ」

私は前世、特別暗算が早い方では無かったけれど、九九や計算方法は身についている。識字率と教育水準が低いこの国では、私の計算力でも武器になるようだ。

「リナリアお嬢ちゃんは賢いが……。まだ小さいからねぇ。お金を任せる店番となると、少し難しいと思うよ」

「……そうですよね」

村にやってきてひと月ほどの九歳児。

仕事を任せられるほどには、信頼されなくて当然だった。

「うちでなら、あんたを店番として雇ってやってもいいんだが……。それよりもっと稼げそうな方法があるがやってみないかい？」

「どんな仕事ですか？　ぜひ教えてください！」

ゼーラお婆さんの言葉に食いつく。

幼い私にできる仕事は多くなく、貴重な提案だった。

「料理を売るんだよ」

「私の料理を？」

「そうさ。初めてあんたの料理を、あの甘辛い鶏肉をパンに挟んだ、えぇっと……」

「照り焼きサンドです」

「そう、それそれ。あの照り焼きサンド、美味しかったからねぇ。あの時に思ったのさ、リナリアお嬢ちゃんなら料理人として、やっていけるかもしれないって」

ゼーラお婆さんが頷いている。

「もっとリナリアお嬢ちゃんの料理を食べてみたくて、確認したくて、それもあってあの日、卵を渡した私の目は間違っていなかったみたいだね」

なるほど、そうだったのか。

あの日、いきなり卵料理の話を出してきたのも、卵を調理した料理を届けることになったのも、ゼーラお婆さんの考えがあってのことだったようだ。

「今日のオムライスもスープも美味しかったよ。あの味なら、売り物としてもいけるはずさ」

「ありがとうございます！　今どこかで、料理人の募集はありますか？」

「残念ながら募集は無いが、無いなら自分でやればいい。この店の軒先で、料理を販売するのはどうだい？」

「店の前で料理を……」

テーブルを出して料理を並べる？　いや、お客さん用のテーブルは置けないから、持ち歩きができて食べやすい料理や、お弁当を中心に販売するとよさそうだ。

「……やれそうです。場所代はどれくらい支払えばいいですか？」

「いらないよ。うちは使っていない軒先を貸すだけだからね」

「いいんですか？」

「子供から金をせびるほど、落ちぶれてはいないからねぇ」

「助かります！　あ、だったら場所代の代わりに毎日、料理を持ってきてもいいですか？」

「おや、それは楽しみができるねぇ。食べすぎて太ってしまいそうだよ」

からからと笑うゼーラお婆さん。

快く営業許可をもらった私は、さっそく準備に取りかかることになったのだった。

☆☆☆☆☆

料理をたくさん作るためには、やはり道具をそろえる必要があった。

家にあるのは鍋やフライパンなど基本的なものが少しだけ。

安定した料理の供給ができるように。……そしてもうひとつの目的のためにも、調理道具を買い足し料理の研究をしていった。

「……少し緊張するなぁ」

私は小さく体を震わせた。

調理道具をそろえ使い始めてから十二日後。

いよいよ今日から、ゼーラお婆さんの店の軒先で料理の販売を始めることになる。

テーブルの上に並べたのは照り焼きサンドの箱詰め、卵焼きと玉ねぎドレッシングをかけたサラダを詰めた箱、そしてオニオンスープの三品だ。

家で下ごしらえをし、仕上げはゼーラお婆さんの家のキッチンを借りさせてもらっている。冷めても美味しく食べられるよう、お弁当作りの知識を使い味付けは工夫してあった。

売れるかな？　美味しく食べてもらえるかな？

ドキドキと待っていると、さっそくお客さんがやってきた。

「ルークさん、いらっしゃい！」

記念すべきお客さん第一号はルークさんだ。

にっこり笑顔で注文を聞いていく。

「どれを買っていきますか？」

「照り焼きサンドと、そちらの卵焼きの入った箱を――」

「よぅ、ルークにリナリアちゃんじゃないか」

男性の声。

ルークさんの知り合いのギグさんだ。私も二度ほど、ルークさんと一緒の時に喋ったことがある。

今日は農作業の帰りらしく、肩に長柄の鍬をのせていた。

「リナリアちゃんは店番のお仕事かい？」

「自分で作った料理を売ることにしました」

「へぇ、これ、リナリアちゃんが作ったんだ」

「美味いぞ」

ルークさんが会話に加わり、照り焼きサンドを指し示した。

「特にあの甘辛いタレのかかった鶏肉が挟まれたのは、おまえの好みにも合うはずだ」

「おすすめってことか。ならひとつ買ってみるかな」

「ありがとうございます！」

お客様二号だ。嬉しい。

ギグさんからお金をもらい、照り焼きサンドの入った箱を渡した。

「じゃあさっそく食べてみるぞ」

かぶりつき、無言で咀嚼するギグさん。同じく無言のルークさん。緊張する私。

しばらくの沈黙の後、

「うめぇ！　美味いな！　初めての味だが気に入った！」

やったぁ！

ギグさんはあっという間に食べ終わると追加でもうひとつと、卵焼きセットを購入してくれた。

「お買い上げありがとうございます！」

「明日もここで売ってるのか？」

「その予定なので、来てもらえると嬉しいです」

「もちろんそのつもりだ。また来るからよろしくな」

「はい！」

来店の約束に私は、満面の笑みでギグさんを見送ったのだった。

☆☆☆☆☆

ルークさんとギグさんの後、しばらくして門番のガーディーさんがやってきた。昼休みに買いに来てくれたようだ。

その後もぽつぽつと、顔見知りや通りすがりの村の人が買ってくれたおかげで、夕方になる前には無事完売。少し離れた場所で見守ってくれていたフォルカ様も褒めてくれた。売れ残るのも覚悟していたから、嬉しい誤算だった。

ほくほくとしつつ眠りにつき目覚め、そして翌日の昼のことだ。

「よっ、リナリアちゃん。今日も照り焼きサンドを頼むぜ！」

約束通り、ギグさんがまた買いに来てくれた。今日はルークさんはいないが、代わりに友人だという男性が一緒だ。ふたりで照り焼きサンドを購入し、美味しく食べてもらえたようだった。

その日は昼すぎに完売。

更に翌日は多めに作っておいたけれど、昼前に完売してしまった。ギグさんから広がった口コミと、ゼーラお婆さんが知り合いに宣伝してくれたおかげだ。

後片付けをして家に帰った私は、ぎゅっとフォルカ様に抱きついた。

「フォルカ様やりました！　三日連続で売り切れです！」

《うむ、見事であったな》

ぽふぽふと、フォルカ様が尻尾で頭を撫でてくれた。

《我の目は正しかったな。我さえ満足させた料理に、村人が舌鼓を打つのは当然だ》

「きゅっ！」

コンも頷いてくれた。

心なしか、そのお腹はぽっくりとふくれている気がする。

コンは最近、私について村を訪れるようになっていた。子狐そっくりの姿をしたコンは、村人たちにかわいがられている。今日、私が料理を販売している間も、お客さんから料理の一部をもらい楽しそうに過ごしていた。

《我の料理も、もちろんあるのだろうな？》

「はい。これから作って、できたてをお出ししようと思いますが……」

《どうしたのだ？》

「……いえ、なんでもありません」

私は言いかけた言葉を飲み込んだ。

まだ早い。もう少し時間が必要だ。

準備が完璧ではないし、何よりも私がまだ、覚悟が決まっていないのだった。

「今日は豚丼を作ります。米を研いできますね」

そう言って私は、何事も無いように米びつ代わりの壺へと向かったのだった。

☆☆☆☆☆

料理の売り上げは順調に伸びていった。

日を重ねるうち、リピーターも増加している。

お弁当屋を始めて今日で二十日目。

私の前にあるテーブルには、銅貨と銀貨が山となり積み上げられていた。

「うんうん、いい調子」

売り上げを数え、硬貨を袋へと仕舞った。

このままいけば魔石を売った分を使い切らずとも、私ひとりの生活費を十分賄えそうだ。生活の目途がついてひと安心だけれど……まだひとつ、私にはやらなければならないことがあった。

明日の分の仕込みをゼーラお婆さんのキッチンで終え、私はエプロンを外した。

「ゼーラお婆さん、今日はもう帰りますね」

「はいよ。今日は少し早いね」

「作りたい料理があるんです」

挨拶をして、足早に森の中の家へと帰った。

私の帰宅を見届け、フォルカ様が森へ双子ベリーの採取に向かう。その間に私は、料理に取りかかることにした。火を使う料理だが、今はもう私ひとりで大丈夫だ。魔石を使用した加熱器、コンロのような道具を、奮発して購入している。おかげでフォルカ様がいなくても、料理ができるようになっていた。

横から覗き込むコンの視線を感じながら、失敗しないよう料理を作っていく。ゼーラお婆さんのキッチンで何度か試作したことがあるから、きっと美味しく作れるはずだ。

《帰ったぞ。……その料理はなんだ？　初めて見るな》

双子ベリーの枝を下ろし、フォルカ様が近くへやってきた。

「約束の料理です」

《約束？　……あぁ、そうか》

「お待たせしました！　これがきつねうどんです！」

器にネギを盛ったら完成だ。

澄んだ汁にうどんが泳ぎ、ふっくらとした油揚げがのっかっている。できたての湯気をまとい、油揚げが輝くようだ。

《ほぅ、ほほぅ。これがきつねうどんという奴か。良い香りをしているな》

「冷めないうちにどうぞ」

《あぁ、いただこう》

フォルカ様の体が光りに包まれ、人に似た姿へと変化していく。

箸を使う料理の時は、こちらの姿の方が食べやすいようだ。

綺麗に整った指で箸を取ると、うどんをつまみ上げた。

「……弾力があるのに柔らかい。この味は小麦か？」

「小麦に塩水を混ぜてこね、伸ばしてゆでたものです」

「なるほど。面白い噛み心地をしているな。そしてこちらは……」

続いてフォルカ様の箸が、きつね色をした油揚げへと向かった。

「むっ！　辛いか、いや甘い？　じゅわりじゅわりと、甘い汁があふれてきて美味いな」

言葉を切り、黙々と油揚げを食べるフォルカ様。

あっという間に、油揚げもうどんもぺろりと完食してしまった。

「うむ、良いな。とても良かったぞ。特にこの、上にのっかっている具材が気に入った」

「口に合って良かったです。その上の、油揚げっていうんです。私が前世暮らしていた国では、昔からきつねの好物だと言われていて、油揚げを使った料理を、きつねの神様にお供えしていたそうです」

「神への供物、か……」

フォルカ様が箸を置き呟いた。

「どうかしましたか？」

「気にするな。確かにこの味であれば、神も満足するだろうな」

「ふふ、ありがとうございます。お代わりはいりますか？」

「もらおう」

器を受け取り麺の替え玉と油揚げを盛っていく。

今度は私とコンの分もよそうことにした。

コンは昼間、たくさん料理をお客さんからもらいお腹をふくらませていたけれど、匂いに釣られ食欲がわいてきたらしい。特別に短く作った麺を、小さなどんぶり型の器に入れてやる。

はふはふと熱いうどんをすすり、甘辛い油揚げ味わっていった。

「はぁ、美味しかった～」

私は満足のため息をもらした。

皆でご飯を食べて満腹になって。

心もお腹も、とても幸せだったけれど――

「しかし驚いたな」

「何がですか？」

フォルカ様へと問いかける。

「いつの間に、きつねうどんを作れるようになっていたのだ？」

「ゼーラお婆さんの台所を借りて練習していました。……フォルカ様には、中途半端なできあがりで食べてもらいたくありませんでしたから」

そう、だから隠れるようにして準備していた。

ひっそりとフォルカ様の目を盗んで食材をそろえて。

美味しいきつねうどんが作れるまで、時間をかけすぎるほどにかけ練習していたのだ。

「……だって、これでお別れですから」

「……なんだと？」

いぶかしむフォルカ様から、私は顔を背けるようにして答えた。

「フォルカ様には、とても感謝しています。魔術を教え見守ってくれて、撫でてくれてもふもふさせてくれて……。ずっと私は頼りきりでしたが、そろそろ約束を果たそうと思ったんです。フォルカ様はあの日、『おまえと共にきつねうどんを口にできるまで見守ってやろう』と言っていましたよね？」

思い出す。

前世の記憶を取り戻し、捨てられたことに絶望し。

そして眩《まばゆ》い毛並みの、フォルカ様に出会った日のことを。

「私、とても嬉しかったです。こんな私でも、助けて気遣ってくれる相手がいるって、救われる気持ちでした。おかげで私は生き延びて、お金を稼ぐことができるようになりました」

だからこそいつまでも、フォルカ様の手を煩《わずら》わせるわけにはいかなかった。ひとりでも生きてお金が稼げるよう、魔石コンロを買ったり準備はしていたけれど……。

寂しさは消せなかった。

俯《うつむ》いた視界に、フォルカ様が持ってきてくれた双子ベリーが映っている。

初めて会った時も、フォルカ様は双子ベリーを持ってきてくれた。あの美味しさを、ありがたさを今もよく覚えているけれど。

双子ベリーは食べ頃が長い果物らしいが、それでももうすぐ旬は終わりだ。私もいつまでも、フォルカ様にしがみつくわけにはいかなかった。

「約束の通りこうしてきつねうどんだって、作ることができたんです。だからもう、私はだいじょうぶで――ふごっ⁉」

もふり、と。

下からすくい上げるようにして、フォルカ様の尻尾が私の鼻を打った。

「ふぉ、フォルカ様⁉」

「何をぶつぶつと呟いている。こちらへ顔を上げよ」

ぐい、と。

今度はほっぺたを両側から挟まれ、強引に顔を持ち上げられた。

「たわけめ。おまえは我が、おまえの願いのためだけにここに留まっていると思っているのか？」

「っ⁉」

縦長の瞳孔の、人ならざる金色の瞳が私を見つめる。

物理的な圧力さえ感じそうな視線に、本能的に体がすくみあがった。

「でも、フォルカ様は私と約束をして……」

「我がおまえの元を去りたいと思っていたら、脅してでももっと早く、きつねうどんを作らせていたわ」

フォルカ様がため息をついた。

「おまえは時々、とんでもなく愚かになるな。このところ暗い顔をしていて気がかりだったが、まさかそのようなことを考えていたとはな」

「すみませんでした……」

心配させていたようだ。

感情を隠していたつもりでも、幼い体ではダダ漏れだったのかもしれない。

「確かにおまえは約束を果たした。ゆえにこれからは、約束通りおまえを見守るのはやめることにする」

「……はい」

「暗い顔をするな。まだわからぬか？　これからは約束抜きに我の意志で、おまえの傍にいてやろうというのだ」

「……………え？」

反応が遅れてしまった。

フォルカ様と、これからも一緒に暮らすことができる。

嬉しいはずだけれど、感情が追い付かずぽかんとしてしまった。

「いいんですか……？」

「不満か？」

「本当に本当にいいんですか？」

「くどいぞ。我の言葉が信じられないのか？」

「そういうわけではないのですが……」

「ならば受け入れるが良い」

フォルカ様の尻尾がぽんぽんと、優しく頭を撫でていった。

「おまえが捨てられたのは知っている。臆病になるのも当たり前だ。だがな、だからといって全てが、おまえを見捨てるわけではないのはわかるな？」

「私、今度は捨てられないの……？」

「我もそしてこのコンも、おまえのことを好いているからな」

「きゅこんっ！」

その通りだよ、と告げるようにコンが鳴いた。

見つめると小さなきつね色の姿が、じわりと滲んでいった。

「あ……」

涙だ。

ぼろぼろと、瞳から涙がこぼれていった。

何年ぶりだろう？

前世はずっと、恋人の和樹に捨てられた時も泣けなかったし、生まれ変わって物心がついた後も、涙を流した記憶は無い気がした。

「うぅ〜〜〜〜っ」

一度泣き出すと止まらなかった。

堰を切ったように、涙と感情があふれ出してくる。

ぐちゃぐちゃに訳がわからなくなって。それでもここに、フォルカ様がいてくれるのが嬉しかった。

「フォルカ様ぁ‼」

泣き顔を見られたくなくて、がしりとフォルカ様にしがみついた。

涙が次々と、フォルカ様の服に染み込んでいった。

「泣くが良い。泣いて泣いて、そうすればじきに、腹が減りまた料理がしたくなるだろう」

「……はひっ……！」

言葉が満足に出ず、こくこくと頷きを返した。

良かった。フォルカ様たちと出会えて本当に良かった。

しゃくりあげる体を、フォルカ様とコンの尻尾があやすように包み込んでいく。

その感触に安心して、私は泣き続けたのだった。

☆☆☆☆☆

わんわんと泣きまくり、あげく寝落ちしてしまった私。

恥ずかしかったけれど、おかげか翌朝はとてもすっきりとしていた。

「～～～～♪　～～～～♪」

軽く鼻歌を歌いながら、通い慣れた村への道を向かう。

今日はフォルカ様も一緒だ。

村の人たちがコンを受け入れてくれているので、コンの兄弟狐という設定で、フォルカ様もついてきてくれることになったのだ。

ゼーラお婆さんにフォルカ様を紹介しつつ、お弁当店の準備を進めていく。フォルカ様は喋ることこそなかったが、気ままに私の周りを歩き回っていた。

そうして諸々の準備を終える頃には、時間は朝から昼になっている。

店が開くと三十分ほどで、全てお弁当は売り切れてしまった。

「今日も人気だねぇ」

「おかげさまです」

ゼーラお婆さんの手を借り、机を店の中へ運んでいく。この机はお弁当をのせるために購入したものだ。中古とはいえ家具はオール手作りのためそこそこ高かったが、それも十分ペイできていた。

店じまいを終え、ゼーラお婆さんと軽くお茶をする。茶葉は紅茶ではなく、この辺りで採れるセナ草という植物を煎じたものらしい。香ばしくほのかに甘みがあり、前世で飲んだタンポポ茶に似た味わいだ。慣れれば癖になってくる。

「仕事の後のお茶って、体に染みますね～」

「はは、大人みたいなことを言う子だね」

ぎくりとする。

ゼーラお婆さんは勘が鋭かった。

「ま、あんたが疲れるのも当然かね。今日は家と村、何往復したんだっけ？」

「えっと……たぶん五回ですね」

お弁当の仕上げにはゼーラお婆さんの台所を借りているが、ずっと占拠するのも申し訳ないため、下ごしらえの大部分は自宅で行っている。

食材を抱ええっちらおっちら。

ここのところ毎日、何往復も歩いていたのだ。

「えらいねぇ。でもそれでも、すぐに売り切れちまうんだよねぇ」

「ちょっと申し訳ないですね」

最近はやってきてくれたお客さんに、売り切れを告げることも多くなっている。

心苦しいけれど、時間と私の体力の関係で、これ以上お弁当を増やすのは難しそうだ。

「ならリナリア嬢ちゃん、ひとつ提案があるよ」

「何ですか？」

「リナリア嬢ちゃんの家で料理屋を開くのはどうだい？　それならもっと、たくさんの人に料理を食べてもらえるはずさね」

「あの家で料理屋を……」

できるだろうか？

確かにそれなら、今よりたくさん料理を提供することができそうだけれど……。

「いやぁ、実を言うとね、あちこちからせっつかれてるんだよ。リナリア嬢ちゃんの料理はとても評判がいい。けれど今の売り方だと、食べられる人間が限られてくるだろう？　どうにかしてくれって、友人や知り合いたちが煩《うるさ》いのさ」

「そうだったんですね……」

考える。

私が住んでいる家はそれなりに大きかった。

広い部屋を綺麗にし、椅子とテーブルを置けば料理屋を開けるかもしれない。

「ま、しっかりとした自分の店を構えるとなれば、面倒な手続きも必要になってくるからね。すぐにとは言わないから、頭のどっかに置いといておくれよ」

「……ルークさんにも相談してみますね」

あの家は元々、ルークさんの師匠、ヤークトさんが住んでいた家だ。料理屋をやるなら、話を通しておいた方がいい。

「わかった。相談がしたいって、ルークにも伝えておくよ」

「よろしくお願いします」

ここ数日は仕事が忙しいのか、ルークさんと会えていなかった。

ルークさんの家族は亡くなっているため、実家だった建物には別の村人が住んでいるらしい。

メルクト村に滞在する際には、ゼーラお婆さんの家に間借りさせてもらっているのだった。

☆☆☆☆☆

ゼーラお婆さんに伝言を頼んだ翌々日。お弁当屋の定休日としている土曜日《光の日》の昼すぎに、家にルークさんが来てくれることになった。

窓辺で待っていると、ばさりばさりと羽音が近づいてくる。

「ルークさん、クロル、いらっしゃい！」

玄関を出てルークさんにはお茶を、クロルには洗ったバケツに入れたレモン水を差し出した。

喉が渇いていたのか、クロルがごくごくと美味しそうにレモン水を飲んでいる。あっという間にバケツが空になってしまった。

「ルークさんに今日は相談したいことがあるんです」

「あぁ、ゼーラさんから聞いている。ここで料理屋を開きたいんだな？」

「はい。そのために家の内装をいじってもいいでしょうか？」

「怪我が無いよう、準備できるのであればいいが、だが……」

ルークさんが何やら言い難そうにしている。

ヤークト師匠の思い出が残るこの家に積極的に手を加えるのは、やはり歓迎できないのかもしれない。

「失礼を言ってすみませんでした。別の場所でどこか、お店にできそうな建物を探しますね」

「いや、違う。そういうわけではないんだ。この家を使うのはいいが、問題は周りの森だ」

「森が？」

この家はメルクト村から少し離れた森の中にあった。大人の足で片道十分弱とそこまで距離は無いが、ルークさんは何か気がかりがあるようだ。

「……モンスターだ」

「この辺りには、危険な種類は出ないと聞いていますが……」

「あぁ、おそらくは問題ないと思うが……。君が住むだけなら大丈夫でも、多くの人間がここに集まると、刺激を受けたモンスターが集まってくるかもしれない」

「そうですか……」

この家の近くでモンスターに遭遇したことはないけれど、かつてルークさんとクロルは森の奥でモンスターの襲撃を受けている。怪我を負いメルクト村を目指すも力尽き、墜落したところを私が見つけたのだ。その一件を考えるとこの辺りだって、絶対に安全とは言えないのかもしれない。

「君がここで料理屋を開くなら、近くの森にモンスターがいないか調べる必要がある。少し時間はかかるが、俺が調査を終えるまで待っていてくれ」

「ルークさんが？　わざわざそんな、悪いです」

「これも仕事の一環だ」

「……え？」

どういうことだろう？

首を傾げてしまった。

「黙っていて悪かったが、俺がこの村に来た理由のひとつは、『氾濫』の監視のためなんだ。『氾濫』については知っているか？」

「モンスターの大量発生、ですよね」

ぶるりと体を震わせた。

通常、モンスターは瘴気が濃い『吹き溜まり』という場所で生まれるらしい。人里近くに住み着くことはあるが数は多くなく、危険なモンスターの場合はできる限り速やかに退治されている。

おかげでモンスターの被害は抑えられているけれど、例外として「氾濫」という現象、災害の一種があるようだ
川があふれるように、鉄砲水が襲いかかるように。

モンスターが異常なまでに大量に、人里へと押し寄せてくるのだ。

そうそう発生しないとはいえ、ひとたび起これば多くの人命が失われてしまうらしい。

「その『氾濫』が、この近くで起こるかもしれないんですか……？」

「可能性があるというだけ。万が一のための保険だ」

「でもわざわざ、竜騎士のルークさんが監視に派遣されたんですよね？　何かこの近くで、『氾濫』の予兆が観測されたんですか？」

「……前例がある」

私の疑問に答えたルークさんの声が、いつもより硬くなった気がした。

硬いのに脆《もろ》い。

そんな相反する印象を抱かせる声色だった。

「……六年前、この森の中から、モンスターが大量に押し寄せてきたんだ。辛うじて村の石垣の中

への侵入は防げたが、多くの村人が亡くなってしまった」

「六年前……。それってもしかしてヤークト師匠の……？」

以前ルークさんは言っていた。

この家に住んでいたヤークト師匠一家は全員、数年前に亡くなってしまったと。

「そうだ。あの時の『氾濫』で、師匠たち一家は全員亡くなっている」

「この家にいた時、モンスターに襲われてしまったんですね……」

「いや、違う。師匠たちは勇敢だった。村にモンスターを寄せまいと、森との境目で魔術で応戦していたが、俺以外全員死んでしまったんだ」

「……」

かける言葉が見つからなかった。

ルークさん本人も、その場に居合わせていたのだ。

語り口こそ淡々としているが、掌はきつく握りしめられている。

「俺のせいだ。俺がもっと強ければ、師匠が俺を庇おうとしなければ、師匠は死ななかった」

「そんなこと……」

ありません、と言い切るには。

私はルークさんを知らなかった。

悲しみと後悔を癒す言葉を知らなかった。

「だから俺は強くなった。剣の腕も魔術も磨いてきたんだ。もし次があれば今度こそ、誰も死なせ――――」

「ルークさん！」

ぎょっとして腕へと飛びつく。

固く握りしめられた掌からぽたぽたと、血が滴り落ちている。

「……すまない。驚かせてしまったな」

「じっとしていてください」

治癒の魔術を唱える。

魔力が光となり癒しとなり、ルークさんの掌を包み込んだ。

「また世話になってしまったな。礼をしなくてはいけない」

「……でしたら約束してください」

少し迷ってから口を開いた。

「ルークさんの詳しい過去を私は知りません。でもこうして今、自分で自分を傷つける姿を見るのは嫌です。お願いですからこれ以上、自分を傷つけるのはやめてください」

ぎゅっと手を握った。

魔術で傷を癒すことはできても、ルークさんの心は癒せなかった。

だからこそお願いする。約束を求める。

これ以上ルークさんが傷つくことが無いよう、私には願うことしかできなかった。

「……努力しよう」

ルークさんの返答は誠実だった。

努力はする。つまり約束はできないということ。

嘘がつけず真面目で、だからこそ氾濫を生き残った自分のことを、今でも許せないのかもしれない。

あぁ、確かこういうのを前世では、サバイバーズギルトというんだっ――

「うきゃっ⁉」

ぺしぺしと顔に当たるナニカ。

意識を思考から戻すと、フォルカ様の尻尾だとわかった。

おまえたち何暗い顔をしては落ち込んでいるんだ、と言わんばかりに半目になったフォルカ様の気遣いがありがたかった。

「……この場はひとまず、俺の過去は置いておこう」

仕切り直すように。ルークさんがひとつ咳払いをした。

「先ほども言ったが、俺の任務はこの森一帯の監視だ。俺とあともう三人、こちらは竜騎士ではない普通の騎士だが、この村に派遣され滞在している。俺はクロルに乗って上空から、森に異常が無いか見て回っているんだ」

「森の上を飛び回っていたのは、そのためだったんですね。……でも私、ルークさんの仕事のことを知ってしまっても良かったんですか？」

「君は無暗に、話を広めるような性格では無いはずだ。それにゼーラさんや村人の中には、うすうす俺の任務に気づいている人間もいるからな」

「なるほど……」

ルークさんはメルクト村の生まれで知り合いが多いし、飛び回るクロルは地上からでもよく見える。完璧には隠し通せていないようだ。

「今のところ、監視任務で異常は見られないんですか？」

「おおよそはそうだ。だがひとつだけ気がかりがある。飛んでいたクロルと俺を、攻撃してきたモンスターの存在だ」

「本来、この森にはいないようなモンスターなんですか？」

「珍しいが、いないとは言い切れない類だ。雷猿《サンダーエイプ》というモンスターで、雷を操り空中への攻撃能力を持っている。モンスターにしては知能も高い方で、あの日は数体の連携攻撃をしかけられ、クロルも避け切れなかったんだ」

「雷で遠距離攻撃のできる、頭のいいモンスター……」

怖い。かなりの強敵だ。

絶対に出会いたくないモンスターだった。

「心配しなくていい。この森にいた個体は俺がせん滅している」

「……ルークさんひとりでですか？」

思わず声が硬くなってしまう。

「そうだ。雷猿は厄介な相手だが、立ち回り次第で十分撃退は可能だ。あの日不覚を取ったのは不意打ちを受けたからだ。森に雷猿が潜んでいるとわかっていれば対策はできるし、クロルと協力して追い込むのは難しくなかったからな」

「………」

この手のことに詳しくない私でもわかった。

絶対それ、簡単なことじゃないよね？

一度は重傷を負わされたモンスターの集団に勝つなんて。

ルークさんが手練れの竜騎士だとしても、危ない橋を渡っているはずだ。そう思って気を付けて見てみると、ルークさんの立ち姿に違和感があった。

「ルークさん、左肩が少しおかしいです。怪我をしてませんか？」

「利き腕ではないから大丈夫だ」

「……やっぱり怪我、してるんですね？　しゃがんでください」

マントを引っ張り、強引にしゃがみ込ませる。

ひとつ断りを入れ、服を緩め左肩をはだけさせてもらう。

素人目にもはっきりとわかる、大きな青あざが浮かんでいた。

「治します」

呪文を唱え、魔力で左肩を包んでいく。

魔力の光が輝きを強め、収まると青あざが消え去っていた。

「……何度見ても素晴らしいな」

「私は見たくないです」

魔術で治せるとはいえ、怪我をしたルークさんは見たくなかった。

自らの身を顧みないままでは、いつか死んでしまいそうだ。

「……無茶はしないでください」

「やるべきことをやっているだけだ。雷猿を野放しにしては、いつ君や村人に被害が出るかわからなかったからな」

ルークさんはそう言うと、掌をいくどか握り肩を回しこちらを見た。

黒曜石の瞳が、ひたと私へと向けられてくる。

「治療のおかげで掌も肩も問題無い。やはり君は……」

「私は？」

「いや、何でもない。忘れてくれ」

ふいと顔を逸らされてしまった。

気になるが、ルークさんは教えてくれる気は無さそうだ。

「……この森の監視は俺の任務の一環だ。明日からしばらくは重点的に、この家の近くを見て回ることにしよう」

「この家の近くを重点的に……」

ひとつ気になることがあった。

「どうした？」

「見回りって今まで具体的にどうやってたんですか？　ずっとクロルに乗って上から見るだけじゃや、地上で異変があっても見落としてしまうかもしれませんよね？」

「上空からの確認の後、クロルから降り歩き、異常が無いか確認している。時間としてはそうだな、地上に降りての見回りが半分以上といったところだ」

「この家の近くも、同じような手順で監視するんですか？」

「いや、この辺りは森の奥への行き返りの際に上空から眺めているから、見回りは地上からがほとんどになる予定だ」

「……だったら、私も一緒に見回りに行ってもいいですか？」

「駄目だ」

即答されてしまった。

「可能性は低いが、危険なモンスターが潜んでいるかもしれない」

「だったらなおさら、私も一緒に行った方がいいと思います。もしルークさんが怪我をしてもすぐ治せるし、モンスターが相手なら、自分の身は浄化の魔術で守れます」

浄化とは、瘴気を祓う光属性の魔術だ。

瘴気の塊であるモンスターには効果てきめん。

フォルカ様曰く、直撃させれば一発で消滅させられるし、いざという時は浄化の魔術を自分にかければ、モンスターが近づけなくなるそうだ。

「お願いします。どうか私を、一緒に見回りに連れていってください」

ルークさんをひとりで行かせては大怪我を、最悪致命傷を負ってしまうかもしれない。

竜騎士であるルークさんには不要な心配かもだけれど、どこか危うく放っておけなかった。

「確かモンスターって、普段は無害な種類でも、たくさん集まると狂暴化するかもしれないんですよね？」

「そうだ。だからこそ念には念を入れ、この辺りのモンスターの分布を調べつつ退治するつもりだ」

「それに私も協力したいんです。この家と自分の安全のため、そして魔石回収のためにも、モンスターの退治に加えてもらえませんか？　回収した魔石は、この家で料理屋を開くためのお金にあてたいと思います」

私の即物的な利益についても説明してみる。

するとルークさんはしばらく眉を寄せ、

「……わかった。連れていくが、くれぐれも君は自分の安全を第一に動いてくれ」

見回り同行の許可を出してくれたのだった。

☆☆☆☆

「そこをどけっ！」

叫び声と共に剣を振り下ろす。

眼前の猪型のモンスターを、ルークは一撃で切り捨てた。断面から黒いもやが噴出し、みるみるモンスターの体が崩れ消えていく。

鮮やかな一閃だったが、周りは敵だらけだった。

メルクト村を目指し、次から次へと押し寄せてくるモンスター。一匹を切る間に二匹が、二匹を倒す間に三匹が、休む間もなくルークへと襲いかかってきた。

「――――雷よっ！」

短く切り詰めた呪文を唱え、得意な雷魔術を発動。

巨大な昆虫型モンスター三匹を雷でまとめて貫き、ルークは乱れた呼吸を整えようとした。

(数が多すぎるっ……！)

もう三十分近く、ずっと剣を握り続けていた。鍛えていた体力も限界が近く、魔力も底を尽きそ

うだ。右横から飛びかかってくる狼型のモンスターを、ルークは長剣で迎撃しようとして、

「っぐっ！」

疲労した両足がもつれる。

どうにか攻撃は躱《かわ》すが、ふらつき地面へと倒れ込んでしまう。

モンスターは隙を見逃さない。

牙と爪が、ルークへとすぐさま向けられた。

「なっ⁉」

覚悟した痛みは訪れなかった。

代わりに赤い炎が、狼型のモンスターを包み込んでいる。

ルークを救ったのは炎の魔術だ。ヤークト師匠の白髪の混じった口ひげが、熱風に煽られ揺れていた。

「師匠っ⁉」

「ルーク動けるかっ⁉」

「は、はいっ！」

「ならば今のうちに後方へ下がれ！」

「そんなことできま――」

「行け！　あちらも人手が足りない！　ここはわしが抑えるからおまえは後方を担当しろ！」

ヤークトが指すのはメルクト村を囲む石垣。

ルークたちは村と森の境目で奮戦していたが、数匹のモンスターが防衛線を抜け村の石垣へと迫っていた。

既にルークは疲労困憊。最前線で複数のモンスターを相手取るのは難しいが、それでもまだやれることが、やるべきことがあった。

「……わかりました行きます！　師匠たちもお気を付けください！」

迷いながらも、ルークは踵を返した。

炎の魔術の達人であるヤークト師匠。同じく優れた魔術の使い手であるヤークトの妻と、両親から才能を受け継いだヤークト師匠の娘二人。彼らを守り剣を振るう村の男たち。

彼らならば大丈夫だと信じ走り出すルークだったが、

「駄目だ行くなっ！」

血を吐くように叫び、おのれの足をとどめようとする。

魂の底から絞り出された叫びに、しかし足は止まらなかった。

持ち主の意に反し両足が動き、ヤークト師匠たちの姿が小さくなり、モンスターに取り囲まれ血まみれになっていく。

「戻れ！　お願いだ戻ってくれ！　師匠の代わりに俺が――――」

「駄目ですっ！」

小さく体が引っ張られる感覚。

気が付けばマントの端を、小さな掌が握っていた。

「リナリアっ⁉」

大きな琥珀の瞳がルークを見上げ、掌が差し出され、そして――――

☆☆☆☆☆

「……夢か」

かすれた声と共に、ルークは瞼を持ち上げた。

部屋はまだ暗い。早朝と呼ぶにも早い時間帯に目が覚めてしまったようだ。

(また、あの日の夢)

モンスターの『氾濫』で、ヤークト師匠たち一家を失った日の記憶。

ルークが未熟で非力であったから。ヤークト師匠たちはルークのことを庇い戦い、帰らぬ人となっている。何度悪夢に見たかもわからない、後悔と嘆きに満ちた記憶だったが、

「……今日はいつもと違った」

慟哭の中終わるはずの悪夢に、小さな掌が差し伸べられていた。

赤味がかった金髪と、琥珀色の瞳を持つリナリア。

夢の終わり、彼女の手を取ったのか、あるいは取りたかったのか。

ルークは覚えていないのだった。

「……彼女が夢に出てきたのは、この匂いが原因か？」

ベッドの傍ら、サイドテーブルには布でくるまれたおむすびがのせられている。朝食用にと、リナリアが持たせてくれたものだ。鼻を動かすとほんのわずかだが、米の優しい匂いが漂っている。

（食べ物の匂いが夢の内容に影響を与えるとは、俺は思ったより食い意地が張った人間なのか、あるいはそれとも……）

夢に見るほどに、リナリアの存在が大きくなっているのかもしれない。

まだ九歳の小さなリナリア。

人見知りな彼女はしかし時折、驚くほどの芯の強さを見せることがあった。

（……情けないが、俺も助けられてばかりだ）

圧倒的ともいえる魔力量と光魔術への適性、見ただけで魔術を行使する才能、そして幼さに見合わぬ聡明さと優しさ。

もしかしたら彼女こそが、女神に選ばれし真の聖女かもしれないと、ルークはそう思ったのだった。

第五章　「卵焼きにはケチャップがよく合います」

ルークさんの過去を聞いた翌々日から、森の中の見回りが始まった。

お弁当屋の営業前、朝早くの時間帯を中心に、予定を組んでもらったのだ。

万が一の事態が無いようにと、フォルカ様もついて来てくれている。

緊張しつつも特にトラブルも無く、順調に見回りは進んでいった。

モンスターはいるにはいたが、今のところは小型で危険度の低い種類のみのようで、この程度なら人里近くの森でも珍しくないそうだ。

見回り六日目。

戦闘慣れしていない私でも十分対処可能で、浄化し魔石を回収していく。

今日見つけたのは、猿とトカゲを足して二で割ったような、細長い手足と鱗を持つモンスターだ。

集中し、素早く浄化の魔術を放った。

『光よ、害あるを拭い不浄を清めたまえ！』

私を中心に、仄かに周りが光を帯びる。

残念ながらまだ離れた場所にピンポイントに、魔術を届かせることはできていない。

なので多少ズレても当たるように、広範囲に浄化の魔術を行使していく。大は小を兼ねる戦術。またの名を力押しだ。

狙い通り今回も、モンスターが浄化を受け黒い煙となり消えていった。

「相変わらずでたらめな力だな」

ルークさんが小さくうなっている。

「何度か高位の神官が浄化を使う場に居合わせたことはあるが、こうもあっさりと、広範囲への浄化を使うのは君くらいだぞ？」

「……人前では、できるだけ使用を控えますね」

やはり大っぴらには使わない方がよさそうだ。

気持ちを改めつつ、モンスターが残した魔石を拾っていく。

六日間で合計、九つの魔石が手に入った。いずれも小型のモンスターから採れた小さな魔石だけれど、全部合わせれば料理屋の開業資金には足りそうだ。

魔石は小さいものでも、そこそこのお値段がつくらしい。

瘴気で構成されたモンスターは人間が直接触れると害があるが、魔石は無害なようで少し不思議だ。魔石を乾電池のように使う技術も存在し、私も魔石コンロにはお世話になっていた。

「今日はもう少し行ったところで見回りを終わりにする。じきに道が見えてくるはずだ」

「西隣の大きな町へ続く道ですね」

森の中、比較的木々のまばらな場所を切り開き、道が設けられているらしい。

しばらく歩くと、行く手に木が少なくなっていく。森から道へ、人の手の入った領域に近づいて、ほっと息をついた。

「……待て」

ルークさんの制止が入った。

どうしたんだろう？

私は動きを止め、ルークさんの様子をうかがった。

「道に人の気配がある。それにこれは……」

「‼」

私にも聞こえた。

小さくだが羽ばたきのような、何かが飛んでくる音がする。

「モンスター⁉」

咄嗟に反射的に、浄化の魔術を周囲へと放った。

私を起点に広がる白い光。

斜め前から飛んできた、鳥の形をした何かが一瞬動きを硬直させた。

が、黒いモヤが吹き出し消えることはなく、羽ばたきを再開しこちらへとやってくる。

「モンスターじゃな――――わっ⁉」

一羽の鳥が私の近くで、羽ばたきしきりに飛び回っている。

人間に対する警戒心が無いのか、ちょこんと肩へとのっかってきた。

「白いスズメ、いやシマエナガ……？」

言ってみて、どちらも違う気がした。

大きさはスズメほどで、白い胴体と丸々とした姿は前世写真で見たシマエナガに似ている。

けれど頭にはぴょこんと長い飾り羽がついているし、尻尾や羽の先端がほんのり青く染まっていた。初めて見る種類のようだ。

「ちゅちゅい？　ちゅちゅちゅちゅんっ！」

小鳥が何やら囀《さえず》っている。

初対面なのに懐かれた？

つぶらな黒い瞳が、じっとこちらの顔を覗き込んでいた。

「その方はもしや……」

「その方？　この小鳥のことですか？」

ルークさんには心当たりがあるのか、気になることを呟いていた。

詳しく話を聞こうとしたところで、

「――――て――――ま――――れ」

声がこちらへと近づいてくる。

耳を澄ますと、高い子供の声が聞こえた。

「待ってくれ！　そんなに早く飛ばな――――うわっ⁉」

小鳥が飛んできた方から、今度は子供が、おそらくは少年が飛び出してきた。

金色の髪に緑の瞳。着ている服は上等な、仕立ての良いものに見える。

年は私より少し上。十歳か十一歳くらいかな？

少年は私と小鳥を見て固まっていた。

「嘘だろ？　初対面の相手にせ――――」

「エル様」

ルークさんの声に、少年がはっとし口をつぐんだ。

「こんなところでどうされたのですか？」

「……ルーク？」

少年がびくりと肩を揺らしている。

いたずらが見つかった子供の反応に似ていた。

「……ルークこそなんで、こんな森の中にいるんだよ？」

「俺は任務の一環です」

「そんな小さな女の子と一緒に？　その子何者なんだよ？」

「リナリアです」

簡単に自己紹介しておく。

「この森の近くにある、メルクト村を中心に生活しています」

「メルクト村で？　見慣れない顔だな」

「エル……様もメルクト村によく行くんですか？」

「様はいらない。エルと呼んでくれ」

エルがにこりと笑った。

気さくな性格の持ち主のようだ。

「リナリア、その方をこちらへ渡してくれ」

その方、というルークさんの呼び方が気になるけれど、きっとこの小鳥のことだ。

肩に手を伸ばすと軽く羽ばたき、ちょこんと指先にとまってくれた。

「ちゅちゅちゅんっ……」

小鳥は体を一度指へとすり寄せると、エルの肩へ向かって飛んでいった。

エルも慣れた様子で、小鳥を肩へととまらせている。

「かわいいですね。名前はなんていうの？」

「フィルと呼んでくれ」

教えられた名前を試しに呼んでみる。

ちちち、と囀りが返ってきて楽しかった。

「エルとフィルは、どこへ行くところだったの？」

「お忍びでメルクト村へ向かうところだ」

「お忍び……」

「どうだ、驚いたか？　僕の完璧な平民っぷりに感激してくれたか？」

「いえ、納得だなぁと」

ルークさんが敬語だし、服もいかにも高そうだもんね。

ただの平民です、と言われた方が無理があった。

エル自身は溌溂《はつらつ》とした印象だけれど、気品というかオーラというか、メルクト村の中で会う子供たちとは異なる雰囲気を漂わせていた。

「ちぇ、つまらないな。これでも結構、平民らしい服装と行動をしてるつもりだったのにな」

「だからさっき、エル様ではなく呼び捨てにしてと言ったんですね」

「堅苦しいし、これからもエルでよろしくな」

エルが握手を求め腕を伸ばしてきた。

「はい、エル。よろしくお願いしま――――わわっ!?」

私の腋を、エルが突然くすぐってきた。

「うひゃひゃ!?　いひなり何ですか!?」

「ちょっとしたいたずらだ」

「いたじゅら⁉」

「平民は友だち同士で、いたずらをしたりされたりするものなんだろう？」

「た、たひかに、ふひゃっ、そういう、友情の示し方もっ、あは、ありますがっ」

そもそもいつの間に、友だち同士になったのだろうか？

エルの持つ平民の知識は、色々と偏っているようだった。

「エル様、そこまでです」

「あっ！」

「……助かりました」

ルークさんが私の体を抱きかかえ、エルから遠ざけてくれた。

「エル様はメルクト村へ向かいたいのでしょう？　俺が一緒に行きますよ」

「ルークの見張り付きかぁ……」

エルはぶつぶつと言いつつも、ルークの言葉を受け入れるようだ。

「ルークさんとエルは、どういったお知り合いなんですか？」

「……師匠つながりで知り合った仲だ」

ルークさんが遠くを見る瞳をして語った。

「師匠とエル様の母君が親しかったんだ。両者とも故人だが、存命の頃は小さな……今よりもっと、とても小さなエル様を連れて――」

「おいルーク、今わざわざ言い直して、僕のこと小さいって二回も言ったな？」

ぶすくれたエルのつっこみが入った。

小さい、というワードが禁句らしかった。

「……エル様と母君は、よく師匠の家を訪れていた。その時に俺とも出会ったんだ。師匠が亡くなった後は、代わりに俺が、メルクト村にお忍びでやってくるエルの目付をしている」

「なるほど……」

詳しい事情はわからないし、意図的にぼかされている気がするけれど。

ふたりは長年の付き合いで、ある程度気心の知れた関係であることはわかった。

一見鋭く近寄りがたい雰囲気を持つルークさんをエルは恐れていないし、ルークさんはエルを敬いつつも、年の離れた弟をあやすような対応だった。

「よし、じゃあそろそろメルクト村へ向かうとするぞ！」

「ちぴっ！」

エルが宣言すると、フィルが答えるよう鳴き声をあげたのだった。

☆☆☆☆☆

メルクト村に何度もお忍びで来たことがある、というエルの言葉は本当だったようだ。

門番のガーディーさんはエルに見覚えがあるようだし、他の村人たちもちらほら、エルを知っているような反応をしている。

お忍びでやってきた貴族の少年。だいたいそんな扱いを、エルは受けているようだ。お忍びであることは、村人たちの間で暗黙の了解になっているらしかった。

一緒に村を歩きお店を回っていると、時刻を告げる鐘が鳴った。そろそろゼーラお婆さんの元に向かい、お弁当屋を準備する時間だ。

ここ数日品数を減らし準備時間を短縮することで、お弁当屋の営業も続けていた。

「私は用事があるので抜けますね。エル、バイバイ」

手を振り去ろうとすると、エルが後ろをついてきた。

「なんだなんだ？　何をするつもりだ？」

「お弁当屋の準備です」

「リナリアがやってるのか？　僕も食べたいぞ！」

「えっと……」

念のためルークさんに視線を送ると頷かれる。エルに食べてもらっても大丈夫なようだ。

三人と二匹でぞろぞろと、ゼーラお婆さんの店に向かう。エルとも親しいらしいゼーラお婆さんに応対を任せ、その間に手早く弁当屋の準備をしていく。

開店するお昼時まで少し余裕ができたので、先にエルにお弁当を食べてもらうことにした。

「これをリナリアが作ったのか？　色とりどりで、綺麗に並べられているな」

今日用意したお弁当は一種類。三種の具入り卵焼きを箱に詰めたものだ。

ジャガイモとチーズを入れた腹持ちがするもの。

ソーセージを中心にくるりと巻いて焼いたもの。

そしてホウレンソウ……によく似た味の、ビリス草という葉野菜を刻んで入れたものだ。

具材ごとに卵液の味付けも変えてあり、冷めても美味しく食べられるようにしてある。付け合わせにレタスを使い、見た目もカラフルだった。

エルは綺麗な所作で卵焼きをひと口大にすると、ぱくりと口へ運んだ。

「うん、美味しいな！　ぷちっとしたソーセージと、ふわふわした卵が美味しいぞ！」

エルはナイフとフォークを、優雅とさえ言える手つきで操っている。お忍び中であっても、生まれ育ちは隠せていないようだ。

「チーズとジャガイモ、ソーセージ、この緑のは何だ？」

「ビリス草です」

「げっ⁉」

エルが露骨に嫌そうな顔をしている。

「ビリス草、苦手なんですか？」

「……悪いか？」

ホウレンソウに似た苦みのあるビリス草は、苦手な子供が多いようだ。

私は好きだけれど、村の子供たちの嫌いな食べ物ランキング三位内に常に入っているらしい。

「だが残すわけには……」

うぐぐ、と。

エルがビリス草入りの卵焼きを睨みつけている。

「平民たるもの、貴重な食べ物は少しも無駄にできないんだろう？　なら僕だって……」

少し笑ってしまう。

平民たるもの、って。その言い回しは初めて聞く気がする。

「良かったら、この赤いソースを使ってみてください」

ゼーラお婆さんの台所に置いておいた、ケチャップ入りの瓶を持ってくる。

「これをつければ、ビリス草が苦手な人でも、だいぶ食べやすくなると思います」

「……助かる」

ケチャップをかけた卵焼きを、エルが上品に切り分け口へ運んだ。

眉間に寄っていた深い皺が、咀嚼するごとに浅くなっていった。

「……ん。悪くないな。甘くて辛くて、ビリス草の苦さはあまり感じないな」

「ふふ、それは良かったです」

苦手なビリス草に挑戦してくれた、エルを見守りながら微笑む。

お弁当屋のメインのお客は大人だけど、子供と一緒に食べているお客さんもいる。

そんな子供たちに不評だったビリス草入り卵焼きは、改良が施してあった。

ゆでた後軽くバターで炒め塩、コショウを振ることで、苦さを感じにくいようにして。辛めの味付けになったビリス草を包み込んでくれるよう、卵液は甘めに整えてある。そこへ更にケチャップをかけることで、ビリス草が苦手でも、食べられる子が多いようだった。

「いいな、このケチャップというソース。どこに売ってるんだ？」

「自家製です」

「買えないのか？」

「ごめんね。今はまだ、販売の予定は無いのよ」

ケチャップや、それに照り焼きのタレなどはお弁当屋の売りになっている。

この辺りでは普及していないレシピらしく、それら目当てでリピーターになってくれたお客さんも多かった。材料にコショウやクローブなど召喚術で作ったものも使っており、作れる量が限られることもあって、今のところソース単体での販売はお断りしている。

「このケチャップがあればりきゅ……いや家でも、ビリス草や色々なものにかけて食べられそうなのに……」

残念そうにしつつ、何やら気になる言葉を呟きかけたエルだったけれど、

「ま、いっか！　ここに来ればまた食べられるんだよな？　楽しみにしてるぞ！」

元気にポジティブに、再訪の約束をくれたのだった。

☆☆☆☆☆

エルが食べ終えたのを見届けると、外に出てお弁当の販売を始めることにする。

用意した数が少なめということもあり、開店してまもなく完売してしまった。

「出遅れた！　今日はもう売り切れか〜〜〜」

常連客のひとり、ハーナさんが肩を落としていた。

「うぅ、ちなみに今日は、どんなお弁当を販売していたの？」

「三種の卵焼き弁当、ケチャップ添えです」

「あぁ〜〜〜〜。よりによって私の好きな奴じゃーん……」

がっくりとうなだれるハーナさんは、十七歳の栗色の髪をした女の子だ。

気落ちする姿に前世の、購買部で目当てのお弁当が買えず落胆する、高校時代の同級生を思い出した。

「ハーナさん、元気出してください。また三日後に、卵焼き弁当を出すつもりですから」

「ほんとほんと？　今度こそ絶対手に入れるね！」

一転して表情を輝かせるハーナさんはかわいい。髪は編み込みが凝っていてよく似合っているし、お針子らしく服もおしゃれだった。

　お弁当屋の営業は終了して時間があるため、ハーナさんとお喋りを楽しむ。

　雑談の流れで、この後どうするか尋ねられた。

「――へぇ、今日はもう家に帰るんだ」

「はい。そのつもりです」

　昼すぎからはまたルークさんと森を見回る予定だった。が、エルが来たため、ルークさんはエルに目付としてついていくことにするらしい。私は早めに家に帰り、いくつかレシピを試してみようと思っていた。

「じゃぁ時間ある？　ふたりで服屋に行かない？」

「服屋に？」

「リナリアちゃんに似合う服、一緒に買いに行っちゃおうよ」

「う～～ん……、お財布が寂しくなりそうだし、今日はやめておきます」

　今は家での料理屋開店のため、お金を貯めているところだ。

　このメルクト村、地産地消の肉や野菜は安いけれど、衣服や家具はお値段そこそこ高めだ。大量生産可能な日本と違い、一点一点手作りだから当然かもしれない。

　今私が着用しているのは、何着か買った古着のうち一着と、こちらも古着屋で購入したフードだ。きちんと洗い清潔感を保つよう心がけてはいるけれど、地味なのは否定できなかった。

「お金なら心配しなくていいよ。ルークさんが持ってくれるからね」

「へ？」

なぜここでルークさんの名前が？

目をぱちくりさせると、ハーナさんがにかりと笑った。

「ルークさん、うちの兄ちゃんの友だちなんだよね」

「あ、そっか。ハーナさんのお兄さん、ギグさんでしたね」

「そそ。でもって兄さん経由で、私にお願いが来たのよ。『リナリアに服を買いたいが、俺は衣服には疎い。俺が支払いを持つから、機会があったらリナリアに服を選んでやってくれ』って、ルークさんにそう頼まれたのよ」

そういうことかぁ。

確かにルークさんが、女性や子供向けの服を選ぶ姿は想像できなかった。

ルークさんには何度か、治癒魔術のお礼がしたいと持ちかけられている。そのたび断っているが、真面目なルークさんは気になっていたようだ。

「新しい洋服……」

心がうきうきしてきた。

ここはありがたく、好意に甘え服を買いに行くことにしよう。

☆☆☆☆☆

村には三軒の服屋があるが、そのうち二軒は古着が専門だ。

今日はまだ訪れたことの無い、新品の衣服を扱う店に向かった。お店の中は動物の立ち入り禁止のため、フォルカ様はその間、村を散歩しているようだ。

店にはたくさんの、植物で染められた衣服が並べられている。この国では、女性はスカートをはくのが主流だ。店の中のスカートやワンピースは全て手作りで、刺繍や飾り紐がかわいかった。

きゃいきゃいわいわいと、ハーナさんのアドバイスを受け服を選んでいく。

色々と組み合わせを考えてから購入したこともあり、店を出た時にはそこそこ時間が経っていた。

傾き始めた陽を浴び、ハーナさんと喋り歩いていたところ、

「リナリア……だな？」

ルークさんがなぜか、疑問形で私の名前を呼んだ。

隣ではエルが、こちらを見て固まっていた。

「はい、リナリアです。ふたりともどうしたんですか？」

「……見違えたな」

「！」

頬が赤くなっていくのがわかった。

私は服屋の一角を借りて、さっそく買った服を着用していた。そして服屋に行く前には、せっかく新品の服を着るのだからと、ハーナさんの家で顔を洗い髪をいじり、ハーナさんお手製の化粧水で肌を整えてもらっている。

身ぎれいになった私が着ているのは、生成り色のワンピースだった。ひらりと広がる形の裾には、素朴な白レースが縫い付けられている。腰には太めのベルト。お財布代わりの銅貨袋と小物入れを下げ、肩には刺繍がかわいらしい、赤いフード付きケープを羽織っていた。

服に合わせ、ハーナさんの手で髪には編み込みをしてもらっている。ケープと合わせた赤いリボンの髪飾りもつけてもらい、私は久しぶりのおしゃれを楽しんでいた。

「かわいいな。……俺ではこう、上手い誉め言葉が出てこないが……。リナリアはとてもかわいいと思う」

「へへ、ありがとうございます」

ルークさんのシンプルな誉め言葉が嬉しかった。

服代のお礼を言っていると、エルがぎこちなく声をかけてきた。

「……僕もいいと思う。おうきゅ……いや家の近くでも、こんなかわいい子は初めて見るぞ」

エルの言葉には、またもや気になるところがあったけれど、ここは気づかないフリをしておく。

赤くなったエルに、ハーナさんがにんまりと笑みを浮かべた。

「エル君、ここはもっと、ぐいぐいと行っといた方がいいと思うよ？　どう動くのがいいか、お姉さん助言してあげよっか？」

「え、遠慮しておく！　リナリアまたな！」

慌てた様子で別れを告げ、エルとルークさんが去っていった。

よく見るとひっそりと、ふたりを追いかける男性が何人かいる。ルークさんが警戒した様子はないから、たぶんエルの護衛のような人だ。お忍びで家を抜け出したエルを見つけ、そっと見守っているのかもしれない。

「エル君面白いね～。私もそろそろ仕事に戻るけど、リナリアちゃんはひとりで家に帰れる？」

「そうします。今日はありがとうございました」

「いいよいいよ。お礼はいらない。リナリアちゃんかわいいからね。着せ替えできて楽しかったよ。これからしばらくは、ゆっくり遊ぶ暇も無さそうで寂しいよ」

私の頭を撫でつつ、ハーナさんが軽くため息をついていた。

「お針子の仕事が忙しくなりそうなんですか？」

「あ、心配しないでね？　忙しくてもなんでも、時間は作ってお弁当は買いに行くつもりだよ。ただとんぼ返りになるから、今日みたいにお喋りはしばらく難しいかな。うちの仕立て屋に何件も、余所行きの服の仕立て直しの依頼が入ってきたのよ」

「余所行きの服を、ってことはどこか近くで、お祝い事や宴会が開かれるんですか？」

村で開かれる、毎年恒例のお祭りはまだ先のはずだ。他に何かあるのだろうか？

「違うわ。みんな王都へ行くつもりで、とっておきの服を仕立てたいみたいね。この国で聖女様が見つかって、王都にいる王族の元へやってきたって噂、リナリアちゃんは知ってる？」

「聖女様……？　初耳です」

この国は創世の七神の一柱、光の女神フィルシアーナ様の加護を授かっているらしかった。

そのためか数十年から数百年に一度、強い光の魔力を持つ子供が生まれ、女の子なら聖女と呼ばれ大切に扱われてきたようだ。

……その話を聞いた時、私はもしかしたら自分が聖女では、なんて思ったりもしたけれど。

国のトップである王族が認めた聖女がいる以上、私の思い違いだったらしい。

良かった良かった。

うっかり調子に乗って、「私、聖女だと思います」なんてルークさんに言っていたら黒歴史間違い無し。本当に危ないところだった。

「どうやら噂はほんとみたいでね。聖女様って国を守ってくれる、清らかで慈悲深い、それはもうありがたい存在だって言うでしょ？　その姿をひと目見て尊敬と感謝を伝えようって、王都へ向かう人が多いらしいわ」

「すごい行動力ですね」

参拝とか、前世で言うパワースポット巡りみたいな感覚かな？

私も少し気になるけれど、料理屋開店の準備があるからなぁ。

「あはは、ま、今言ったのは建前、表向きの理由みたいなものよ。この機会にちょうどいいからって、王都で観光したり商売しようって、そう考える人が多いってことよ」

「なるほど」

人が集まればお金も集まってくる。経済効果も大きいようだ。

「聖女様って、色々と偉大な方なんですね」

一体どんな人なんだろう?

聖女と呼ばれるくらいだから、とても優しい心を持っているのかな?

そう考えつつ私は、ハーナさんと別れ家路についたのだった。

☆☆☆☆☆

——一方、その頃王都にて。

「マリシャ様、ウィルデン王太子殿下より、贈り物が届いているようです」

「持ってきてっ!」

お付きのメイドへと、マリシャはすぐに指示を出した。

国の政治的中枢である王都。その王都の中心、王宮の一角に、マリシャたち一家は住処を与えられていた。

故郷で暮らしていた時には考えられなかったほどの、華やかで上等な生活をしている。

上質な家具で整えられた部屋に、マリシャひとりのために用意された何人もの使用人。

マリシャはよくしつけられたメイドから、贈り物が入った箱と贈り主からの手紙を受け取った。

滑らかで薄い、高価な紙で作られた封筒を破るようにして開くと、『聖女マリシャ殿へ』と書かれた手紙をうっとりと読んでいった。

文面は流麗な筆跡で、マリシャを称える多彩な修飾を使いしたためられていた。

この国で王の次に尊い貴人、王太子ウィルデンでさえ、聖女であるマリシャには敬意を払っている。

その事実と、贈り物の大粒の宝石が揺れるネックレスに、マリシャの気持ちと自尊心は高く高く、どこまでも舞い上がっていった。

「はぁ、幸せ……。やっぱりウィルデン様からの贈り物が一番ね……！」

「マリシャ、落ち着きなさい。ウィルデン様ではなくウィルデン殿下とお呼びするのよ」

ヴィシャは娘に向かい注意するが、その顔は締まりきらずにやついている。

マリシャの両親、ヴィシャとギリスはこの世の春のような生活に笑いが止まらなかった。

皆がマリシャの興味と歓心を得ようと、ヴィシャたちに近寄ってくる。

前代の聖女の死去から百年以上すぎ、ようやくマリシャが見いだされたのだ。

名のある商人も、貴族でさえマリシャ一家には下手に出ている。

そうした相手からもらった贈り物のいくつかを換金し、マリシャ一家は連日豪遊していた。唯一ユアンは環境の激変に適応できずぐずっているが、それも大した問題では無かった。ユアンの世話は使用人に任せ、マリシャたちは思う存分贅沢を楽しんでいる。

そんな品の無い行動に眉をひそめる人間もいたが、マリシャにはウィルデン王太子がついていた。王太子一派に所属する代わりに、庇護と後ろ盾を得ているのだ。

「マリシャ殿、ごきげんいかがな？」

「ウィルデン様!?　今日は会えないはずじゃ？」

突然の王太子の訪問に、マリシャは驚きつつも頬を赤く染めた。

王太子ウィルデンは金の髪に緑の瞳の美しい青年だ。いつも麗しい微笑を浮かべ、マリシャへと近づいてくる。

「急にマリシャ殿の顔が見たくなったんだ。私が贈った首飾りをつけた君を、誰よりも早くこの目で見たいと思ったのさ」

「ウィルデン様……！」

マリシャは夢見心地だった。

ウィルデンがネックレスの鎖をつまみ、首へとかけてくれた。宝石の正面が前を向くよう調節すると、マリシャの赤い髪をひと筋すくい取った。

「私の目の前にいるのは妖精かな？　髪も瞳も、君自身の全てが何より、宝石よりも輝いて見えるんだ」

甘い甘い、物語の中でしか聞いたことの無いようなセリフに、マリシャはくらりとなってしまう。

きらきらした宝石、きらきらした王子様、きらきらと輝く私。

聖女で良かった。気持ちがとても良かった。

これこそが私に相応しい扱いだと、マリシャは酒も飲まず酔いきっていた。

「ふふ、マリシャ殿は照れているのかな？　恥じらう姿も愛らしい君の時間を、私に少し分けてもらうことはできないかい？」

「もちろんで――――」

「マリシャ殿、お待ちください」

ウィルデンとマリシャふたりの世界を割くように、老人の声が響いた。

白の法衣を着た神官。マリシャに魔術を教えている人間だ。

聖女として見いだされたマリシャは、強い光属性の魔力を持っている。

光属性の魔術は使い手が少なく、そのほとんどが光の女神フィルシアーナを奉じる神殿に所属している。マリシャの魔術の教師となった人間も、高位神官のひとりだった。神殿は王族とはやや距離を置いており、教師役の神官も王太子ウィルデンにおもねること無く、自らの役割を果たそうとしている。

「本日はこれから、魔術の練習の時間です。準備をお願いいたします」

「嫌よ。ウィルデン様が来てくれたのよ?」

「ウィルデン殿下のことを思うなら、なおさら練習に励むべきです。マリシャ殿はいまだ一回も、光属性の魔術を成功させていません」

「っ……!」

不愉快な指摘に、マリシャの機嫌が急降下していく。

きらきらと華やかな毎日に落ちる影。

マリシャが聖女であることは皆に認められている。王都にある高精度の魔力測定器で測った結果、高い魔力量と、希少な光属性であることが確認されていた。

なのにどうしてか、マリシャは一度も魔術を使うことができていないのだ。

教師役の神官を何度か変えたが効果が無く、マリシャには苛立ちばかりが募っていた。

「マリシャ殿、焦らなくても大丈夫さ。君に憂いは似合わないからね」

「ウィルデン様……」

「君は聖女。他の人間とは違う特別な女の子だ。いずれきっと誰より眩い、大輪の薔薇のごとき才華が花開くはずさ、花を咲かせるためにも、今日は水をあげてくるといいよ」

「……わかったわ」

ウィルデンに励まされたマリシャは渋々と、魔術の訓練へと向かったのだった。

第六章　「子狐亭を開きました」

「リナリア、机はここに置けばいいか？」

「そこでお願いします」

部屋全体を見回し、机の位置を確認する。

かつてヤークト師匠の住んでいた家。玄関の隣の広々とした一室を、私は料理屋の食堂にすることにした。

モンスター退治で得た魔石のおかげで開業資金はばっちり。周囲の森に危険なモンスターがいないのも、ルークさんとの見回りで確認済みだ。

ここ二十日ほどはお弁当屋と並行しつつ、ひとつひとつ準備を進めている。

机や椅子、大きな調理器具はルークさんがクロルと運んでくれたので、とても助かっていた。

ルークさんは今日も時間ができたからと家に来て、力仕事を請け負ってくれている。

作業を見守っているとコンがとてとてと、頭の上に器用にお盆を乗せてやってきた。よしよしと褒め撫でてあげ、お盆を手にルークさんへ声をかける。

「作り置きのおむすびがあります。そろそろ休憩しませんか？」

「ありがたい」

おむすびとハンカチをルークさんへ手渡す。

塩むすびに魚の味噌煮を包んだもの、そして照り焼きチキンを具にしたおむすびの三つだ。

ルークさんは手を拭うと、ぱくぱくとおむすびをたいらげていった。

見ていて気持ちいい食べっぷりににこにこする。

よく鍛えているルークさんは、基礎代謝が高く食事量が多いらしい。

私の料理も、いつも美味しいと食べてくれるため、とても作り甲斐があった。

ほっこりしつつ作業を再開し一時間ほどすると、食堂が形になってきた。

五組の机と椅子。花瓶と壁のちょっとした飾り。支払いを行うカウンターの机。

お客さんが十数人入れば満員の小さなお店だ。

調理場となる家の台所にも、ルークさんが皿と調理器具を運んでくれている。

食堂は職人を呼び新しい壁紙を貼っているし、傷んだ床も補修してある。あとは料理さえ準備すれば、料理屋を開店できそうだ。

「……懐かしいな」

作業を終えたルークさんがぽつりと呟いた。

「懐かしい？」

「師匠たちと暮らしていた頃、毎日ここで食事をとっていたんだ。もうずっと、笑い声が聞こえなかったここでまた、料理を楽しむことができるんだな」

「……はい」

ここはルークさんの思い出が詰まった家だ。

当時の光景そのままではなくとも、心地良い食事の場にできるように、と。

私はそう願ったのだった。

☆☆☆☆☆

「リナリア！　約束通り来たぞ！」

「いらっしゃいませ！」

エルにお辞儀をした。ルークさんを伴い、今日も絶賛お忍び中のようだ。

もうすぐ村の鐘楼で昼三つの鐘が鳴り、料理屋初日の開店時刻を迎える。

外にはすでに、数組のお客さんが待ってくれていた。村からは少し歩くけれど、お弁当屋で宣伝を行っていたおかげで、初日から満席になりそうだ。

「本日はお越しいただきありがとうございます。満足いただけるよう、精一杯頑張りますね」

「……なんかいつもと雰囲気が違わないか？」

「今日は店主とお客様ですから」

笑顔で丁寧な接客が目標だ。

村人と契約を結び給仕を雇い、私は調理場を中心に動く予定だった。が、何が起こるかわからないため、ひと通り給仕もこなせるよう練習してある。

エルたちと別れ食堂内の最終確認をしていると、小さく鐘の音が聞こえた。

いよいよ開店の時間だ。

「いらっしゃいませ！『子狐亭《こぎつねてい》』、本日営業開始です！」

給仕のダルツさんと一緒にお辞儀をし、お客さんを食堂へと導く。

木目の見えるテーブルには、汚れが天板に染み付かないように、ランチョンマット代わりの布が敷いてある。優しいクリーム色で、温かな雰囲気を醸し出していた。

順番にお客さんを案内すると、ちょうどエルとルークさんで満員だ。その後に来たふた組には、外で待ってもらうよう頼みに行った。

「すみません。しばらくお待ちいただいてもよろしいですか？」

「あぁ、いいとも」

弁当屋の常連客だった男性が頷く。

店の外、壁沿いには順番待ちのお客さん用に、丸太を切った椅子がしつらえられていた。

「腹が空いたぶん、メシはより美味くなるし、こいつを眺めてれば退屈もしなさそうだからな」

「きゅこんっ？」

庭で木の枝で遊ぶコンに、男性が目じりを下げている。大柄で厳《いか》つい顔立ちのせいで誤解されが

子狐亭

ちだが、動物好きな人だった。コンもすっかり男性には馴れていて、気にせず自由気ままに遊び回っている。

コンはこの子狐亭のマスコット、看板狐だった。

子狐そっくりのコンがいるから子狐亭。お店の名前は迷いに迷った結果、覚えやすい名前にすることに決定したのだ。

私は子狐亭の中へと戻ると、お客さんの注文した料理をさっそく仕上げていった。

小さいお店で料理人は私ひとりなので、メニューの数は絞ってある。

肉料理と付け合わせのセットが二種類にスープが一種類、日替わりで具材を変えたオムレツ。村のパン屋さんに卸してもらった丸パン。そしてお茶を提供する予定だ。

下ごしらえしてある食材をせっせと調理し、給仕へと手渡していった。

しばらくして開店と共に入ったお客の料理を作り終えたため、食堂に様子をうかがいに行く。

できたての温かい料理を提供できるのがお弁当屋との違いだ。

豚肉の生姜焼きに照り焼きチキン、チーズとジャガイモ入りのオムレツ。

食堂に顔を出した私に、お客さんが口々に感想を教えてくれた。

「美味いね！　生姜焼きも上にのった玉ねぎも美味しいよ」

「私は照り焼き派よ。この甘辛さがたまらないわ！」

「温かいと香りが良くていいよな」

「ケチャップは最高だな！」

最後の誉め言葉はエルのものだ。

ケチャップが大のお気に入りのようで、お忍びでお弁当屋に来た時は毎回、ケチャップを使ったお弁当を購入していた。

今日もオムレツを頼み、ケチャップの美味しさを堪能しているようだ。

「エル様、落ち着いてください。ケチャップが跳ねてしまいます」

向かいに座るルークさんが苦笑しつつ、照り焼きチキンを口に運んでいた。ルークさんは照り焼きを気に入っていて、今日もとてもいい食べっぷりだ。

食堂を満たす料理の香りと朗らかなお客さんたちの声。

開店初日、滑り出しは上々のようだった。

☆☆☆☆☆

それからしばらく、私は子狐亭の運営に忙しくしていた。

給仕の仕方、効率良くいくつもの料理を仕上げる方法、待ち時間を短くする工夫。

次から次へと見つかる改善点に試行錯誤し動き回る毎日で、頭も体もへとへとだった。

「疲れたぁ～～～～」

ぼっふりと、フォルカ様の尻尾に顔を埋める。

きつね色の尻尾は今日もさらっさらのもっふもふだ。

「疲れが溶けてくぅぅ～～。フォルカ様、今日は一段ともふっぷりが素晴らしいですね」

《ふふ、そうであろうな。今日は丹念に、毛並みを整えていたからな》

フォルカ様は子狐亭の営業中、居室や森の中で気ままに過ごしていた。

コンと一緒に看板狐やってみる？　と聞いてみたところ、めんどうくさいとのことで自由にしてもらっているのだ。

「あぁぁぁ～～～このいつまでも触っていたいもふもふ、人を駄目にする尻尾～～～～」

《我におまえを駄目にするつもりは無いのだが……。おまえの発言は、ときどき意味がわからないな》

「わわっ！」

フォルカ様の尻尾が引き抜かれ、軽く体勢を崩しよろめいてしまう。

《我の尻尾に夢中になる前に、まだやることがあるだろう？》

「……そうでしたね」

子狐亭の営業時間は終わったが、明日の分の仕込みが残っている。

「明日はお弁当屋の日……」

作る料理と、やるべきことを脳内にリストアップしていく。

子狐亭の営業日は月曜《地の日》、水曜《火の日》、日曜日《無の日》の週三日。

火曜《水の日》と木曜《風の日》はゼーラお婆さんの店の軒先でお弁当屋を開くサイクルになっている。

元々はお弁当屋はやめ子狐亭一本で行くつもりだったけれど、常連客の反対にあったのだ。

メルクト村から子狐亭まで、大人の足で片道十分弱。食事の時間も加えると一時間弱は必要で、厳しい村人もいるらしい。

なので当分の間、子狐亭の営業曜日を減らし、お弁当屋も続けるつもりだ。

お弁当屋の営業は慣れているので、毎日子狐亭を開くより余裕がある。

幸いどちらも、用意した食材は毎回ほぼ使い切っているので、給仕を雇っても黒字が大きかった。

お金の管理も今のところ、どうにか前世の知識を使いできているので、あとは子狐亭の切り回しに私が慣れるだけだ。

「まだ課題はあるけど……」

ルークさんとクロルの治療、ゼーラお婆さんやハーナさんとの交流、そしてお弁当屋と子狐亭で毎日村人と接した経験によって、私の対人恐怖症はほぼ完治している。

「メルクト村、優しい人が多いよね」

それがきっと一番の理由だ。

前世も今世も不運続きだったけれど、メルクト村の人たちに出会えたのは間違いなく幸運だった。

もちろん中には話が合わない人もいるけれど、あからさまにこちらを敵視し攻撃してくる人はいなかった。

ルークさんと出会った日、こちらを脅してきた男は旅人だったようだ。あれ以来姿は見かけないし、他に私に暴力をふるうような人もいなかった。

「……子狐亭、頑張ろう」

生活費を稼ぎ、これからもメルクト村の人々と暮らしていくために。

美味しい料理を作っていこうと、私はそう思ったのだった。

☆☆☆☆

「リナリアちゃーん！　オムレツ追加でひとつよろしく！」

「わかりました！」

給仕のダルツさんに言われた通り、私は手際良くオムレツを焼いていった。

子狐亭を開いてから二か月半。

切り盛りするコツをだいぶ掴み、少し楽になってきたところだ。

営業時間も、開店当初より長くできた。

昼ふたつ半の鐘から昼四つの鐘が鳴るまで。

だいたい十一時から十四時くらいまでの一日三時間、お昼時に営業をしている。

開店と同時に来てくれる人が二、三人。その後十一時半頃から営業終了まで満席になる日がほとんどで、忙しくも充実した、賑やかな毎日だった。

「お皿にあげて、っと」

ほかほかのオムレツを皿に盛りつけ、ケチャップで絵を描いていく。

子狐亭という店名にちなんで、デフォルメした狐の顔だ。

日替わりで具材の違うオムレツは人気で、子狐亭の看板メニューのひとつになっている。

「うんかわいい！　私上手！　天才画伯っ！」

自画自賛しておく。

かわいらしい狐が、つやつやと赤くオムレツにのっかっている。

何十回何百回と描いたおかげで、ケチャップ絵はぐんぐんと上達していた。

デフォルメイラストならほぼ失敗しないし、細かい線も引けるようになっている。リクエストがあれば、狐以外の簡単なイラストも提供可能だった。

「よし完成！　あとは念のため……」

きょろきょろと調理場を見回す。

誰もいないことを確認し、小声で呪文を唱えた。

『光よ、害あるを拭い不浄を清めたまえ』

浄化の魔術が発動し、オムレツが光に包まれる。

キラキラとしたオムレツは、神々しく拝みたくなるほどだ。すぐに光は消えてしまうが、効果は十分なはずだった。浄化の魔術も、だいぶ上手くなったもんね。

毎日毎日、来る日も来る日も私は料理に浄化をかけ続けていた。

おかげで範囲指定の精度と発動速度が上昇し、料理のひとつふたつなら、呼吸するように浄化することが可能になっている。

飲食店の大敵、食中毒。

料理を扱う場に常に付きまとう危険を、浄化は解決してくれるのだ。おかげで今のところ、子狐亭で大きなトラブルは起こっていなかった。

浄化の詳しい仕組みは不明だけれど、殺菌消毒のような効果があるらしい。気になっていくつか実験してみたけれど、術をかけた瞬間、対象の食材が光をまとい神々しくなる以外、他に実感できるほどの変化は無いようだ。浄化をかけた料理の味が変わることもないため、ルークさん以外にはバレていないのだった。

「あとはこのオムレツを運んで、っと」

注文の入っていた料理が一段落したので、オムレツを運びがてら食堂を覗くことにする。

「これ、どこの注文ですか？」

給仕中のダルツさんが、視線を奥のテーブルへとやった。

エルとルークさんだ。

今日もまた、お忍びの途中でやってきてくれたようだった。

「日替わりオムレツひとつです。どちらのご注文ですか？」

「僕だ」

答えたエルの声が、どことなく暗い気がした。

何か嫌なことでもあったのだろうかと気になる。

「リナリア、頼みがある。子狐亭の営業が終わったら、庭で少し話せないか？」

「……わかりました」

頷いておく。

エルの表情が気になるし、今日は外せない予定も入っていなかった。

閉店後に後始末をすませ、給仕のダルツんを送り出すと庭へ向かった。

荒れ放題だった庭の一角は、今は綺麗に整えられている。エルが遊びに来た時、生い茂る雑草を刈り畑を作ろうとしたのがきっかけだ。農業を糧にする平民にとっては珍しくもない作業も、エルは興味津々だった。そんなエルと一緒に、暇を見て私も庭をいじっている。いくつか野菜の種をまいてあるので、成長と収穫が楽しみだった。

「お待たせ。どうしたんですか？」

フィルを肩にのせたエルは気もそぞろに、コンの尻尾をぼんやりと目で追いかけていた。

近くでルークさんと、エルの護衛らしき男性が見守っている。

「エル？」

「……もうここには、来ることができなくなりそうだ」

「……そうですか」

エルが告げたのは、うっすらと私も予感していた言葉だ。

十日に一度ほどのペースで、メルクト村へお忍びでやってきていたエル。

しかしいつまでも彼に自由が許されるとは、私には思えなかったのだ。

「お忍びが禁止になるの？」

「……前からずっと、僕のお忍びはいい顔をされてなかったよ。それでも抜け出してきたけど……。……もうダメだ。もっとずっと厳しい、抜け出すことなんてとてもできない場所に、僕は引っ越すことになったんだ」

「引っ越し……、その引っ越し先は、もしかして……」

言葉を続けるべきか迷い視線をさまよわせる。

すると黒々とした、フィルの瞳と目が合った。私に言葉の続きを促すような、そんな知性を感じさせる瞳をしている。

「……エルの引っ越し先は王都。王都にある、王宮の中じゃないですか？」

「‼　気づいてたのか……」

驚くエルに、私は苦笑を向け答えた。

「やっぱり、エルはミヒャエル殿下なんですね」

この国には現在、王太子を含め四人の王子がいるらしい。

雲の上の存在で、詳しい人となりは知らなかったけれど、そのうちの末の王子が私に近い年だと、ゼーラお婆さんとの雑談で知り記憶に残っていた。

「そうだ。僕こそが第四王子ミヒャエルだけど……。どこで気が付いたんだ？」

「フィルです」

「ちきゅっ？」

名前を呼ばれたフィルが、こてりと首を傾げた。

無垢で愛らしい、小鳥のような仕草だったけれど、

「ルークさんはフィルを『その方』と呼んでいました。どう考えても、ただの小鳥に対する扱いじゃなかったし……。それにフィルは私とルークさん、それにエルの護衛以外の人に対しては姿を見せないようにしていましたよね？」

「……バレてたか」

ばつが悪そうに、エルが頭をかいていた。

「一度疑うと、怪しいことばかりでしたよ。フィルの正体は聖鳥。光の女神フィルシアーナ様の眷《けん》属《ぞく》の、聖なる鳥なんですよね？」

白と青の飾り羽を靡《なび》かせて飛ぶ、人間の大人より大きな翼を持つとして知られる聖鳥。

小鳥サイズのフィルとは違う点も多いけれど、羽毛の色は一致しているし、フィルからは時折、高い知性を感じていた。人前に姿を現さないのも、正体がバレないための用心だと考えられたし、疑うには十分なのだった。

「聖鳥は、この国の頂点に君臨する王家の血筋の方にしか懐かないと聞いています。ならばエルが王族かもしれないと、情報を集めることにしたんです。エルは初めて会った時、西に延びる道からやってきましたよね？　ゼーラお婆さんに聞いてみたら、西に少し行くと大きな町があって、その町の外れにはひっそりと、王族が暮らす離宮があると言っていました」

「……あぁ、そうだよ。僕はいつもその離宮から、抜け出してこの村にやってきたんだ」

「どうしてお忍びを？」

「そんなの退屈だから、暇つぶしに決まってるだろ」

エルが鼻を鳴らした。

鼻息がかかり飾り羽が揺れ、フィルが迷惑そうに瞳を細める。小鳥のフリをやめたフィルは、なかなかに仕草が雄弁だった。

「僕は王位継承権最下位の王子だ。母上は亡くなって、その実家も落ちぶれてしまっている。王太子の座にはウィルデン兄上がついていて、王宮に僕の居場所は無かったからな。覚えている限り、僕はずっと離宮暮らしだ」

「その離宮暮らしで、ヤークト師匠やルークさんと出会ったんですか？」

「そうだ。ヤークトは昔、王宮に勤めていた魔術師だったからな。母上とも知り合いで、母上が存命の頃はよく、ヤークトの家に僕も招かれていた」

「だから今もエルは、メルクト村にお忍びでやってきていたんですか？」

昔から馴染みのある、楽しい思い出のある場所なのかもしれない。

ヤークト師匠が亡くなったのは六年前。当時エルは五歳だけれど、その頃は彼の母親も存命で、息子をかわいがっていたようだ。

お忍びの理由を暇つぶしだと言っていたエルだけれど、離宮ではひとり寂しくて、幸せな思い出のあるメルクト村へやってきていたのかもしれない。

「お忍びについて、離宮の使用人が諌《いさ》めるのは形だけだ。僕は放置されていた。だから抜け出して、この村に遊びに来てたのに……それも終わりだ。王宮に帰って来いと、そうおふれが出てて、逆らえなくなっている」

「何か、王都の政治情勢に変化があったんですか？」

まだ小さく、王位継承権は低いとはいえエルは、ミヒャエル殿下は王族だ。胸騒ぎがして、なんとなく嫌な予感がした。

「……婚約だ」

「エルにいい相手でもいるんですか？」

王族だから、婚約話のひとつもあるのかもしれない。

そう思い聞いたのだが、エルは顔を赤くし首を横に振っている。

「ち、違うぞ⁉　王都に僕が好きな相手がいるわけじゃないからな⁉　勘違いするなよ⁉」

「はい。わかってます。この手の婚約って、個人的な好きとか嫌いとか、そういう感情で結ぶものじゃないと思いますし」

何やらエルは焦っているので、落ち着かせるよう語りかける。

「政治的な駆け引きの一環で、婚約を勧められているんですよね？」

「あ、あぁそうだ。わかってくれるならそれでいい……。僕が好きなのは……だからな」

エルは何やらごにょごにょと呟いている。

少し気になるが、ここはまずエルの話の続きを聞くことにした。

「とにかく、だ。僕に対する婚約話、正確に言うと僕と聖女様を、どうにかくっつけたい人間がいるってことだよ」

「聖女様と？」

「そうだ。聖女様が現れた件については、メルクト村にも噂が流れてきてるだろ？」

「何度か私も、お噂を耳にしましたが……」

聖女はこの国にひとりだけの尊い存在。それゆえただ聖女とのみ呼ばれ崇《あが》められているようで、個人の名前や詳しい経歴について、噂では語られていないようだ。

「確か、魔力測定で聖女たる資質を見いだされた、まだ十歳ほどの方なんですよね？」

「正解だ。聖女様は十歳の少女で、一番年の近い王族直系男子は僕になる」

「あぁ、だからエルを、聖女様の婚約者にって、そんな動きがあるんですね……」

納得だった。

噂によると聖女様は、王太子殿下の保護を受けているらしい。が、王太子殿下は二十歳ほどだったはずだし、既に相応の婚約者がいて当然の身分だ。聖女様が現れたからって、軽々と婚約を破棄し、乗り換えることはできないはず。その隙をつき、聖女様を婚約させることで王太子から引きはがそうと、そう企む人間がいても不思議ではない。

「僕の三人の異母兄には全員、婚約者が既にいるからな。ウィルデン兄上一派の権力を削ぎたい人間はたくさんいる。彼らは僕を聖女様の婚約者にし利用しようと考えて、そのせいで王宮に呼び戻されることになったんだ」

「……身勝手な話ですね」

母方の実家が衰退し、王位継承権が低いからと捨て置かれていたのに、掌を返したように担ぎ上げる。そんな大人たちに、私は良い印象は抱けなかった。

政治とはそういうものなのかもしれないが、どうしても憤りを覚えてしまうのだ。

「誰もエルのこと、考えてくれてないじゃないですか」

「……リナリアは怒ってくれるんだな」

エルが笑った。いつもの彼らしくない、力の無い笑いだった。

まだ子供で、頻繁にお忍びに抜け出していたエルだけれど、それでも王族として、政治の駒になる覚悟と諦めは持っているのかもしれない。

前世も今も平民の私とは、そのあたりの感覚は違うようだ。

「聖女様への求婚の件、僕は断っていたけど、これ以上の抵抗は無意味そうだ。近いうち王宮へ向かわなくちゃいけなくなったから、だから……」

「だから？」

エルは眉を寄せ、やがて唇を開いた。

「……だから、お願いだ。王宮に入るまででいい。リナリアも一緒に、王都へ来てくれないか？」

「私が？」

ぱちくりと瞬きをする。

寝耳に水だけれど、考えるとエルの気持ちも理解できた。

離宮で育ったエルにとって、王都は馴染みの無い場所。

今まで放置されていたおかげで得ていた自由も、王宮に入れば無くなってしまうはず。待ち構えているのはエルのことを、政治の駒と考える人間たちだ。

エルは心細いに違いない。

せめて少しでも長く、交友のある私と一緒にいたいと思っているようだ。

私にとってもエルは馴染みのあるお客さんで、一緒に庭いじりをした友人だった。不安を抱える彼に寄り添い励ましたいけれど、その間子狐亭はどうしよう……。

「……悪い。無茶なことを言っちゃったな」

迷う私を気遣ってくれるエル。

寂しさをこらえる体を、私はぎゅうと抱きしめていた。

「り、リナリア……？」

「そんな顔をしないでください」

放っておけなくなってしまった。

子狐亭の常連さんには悪いけれど、少しの間お店はお休みすることにしよう。

ちらとフォルカ様に視線を送ると、小さく頷かれた。

私が王都へ向かってもいいらしい。

「一度王都を見てみたかったし、エルと一緒に行ってみたいと思います」

私がそう答えると、

「ぴちゅんっ！」

歓迎するように、フィルが鳴き声をあげたのだった。

☆☆☆☆☆

私はエルたちと別れ、さっそく準備をすることにした。

王都への出発は六日後になるらしい。

それまでに食材を使い切るよう調整し、子狐亭をしばらく休むと、常連客に伝えておかなければならない。

色々やることが多いけれど、まずはフォルカ様に、気になっていることを聞いておく。

「フォルカ様はフィルとエルの正体、前々から気が付いていたんですか？」

《おおよそな》

「……やっぱりですか」

フォルカ様は私に優しい。言葉遣いは大仰だけれど態度は気さくで、温かく私に接してくれている。だからつい忘れてしまうけれど、フォルカ様は自らを聖獣だと言っていた。聖鳥であるフィルの正体も、一発で見抜いていたのかもしれない。

「……聖獣であるフォルカ様とコンも、女神フィルシアーナ様の眷属なんですか？」

ずっと気になっていたのだ。

フォルカ様が嫌がるから、詳しく聞いたことは無かったけれど。

そもそも聖獣って、どういう存在なんだろう？

聖鳥の狐バージョンなんだろうか？

《たわけめ。我は女神の眷属などではない。我は元々別の大陸にいたのだと、以前告げたことがあ

るよな?》
「ここからずっと離れた、お米が食べられている土地でしたっけ?」
《そう思っておけばいい。我もコンも女神の眷属ではないし、この地の王族と関わりもないから
な》
「なるほど……。フォルカ様とコンは、フィルシアーナ様とは別の神様の眷属なんですか?」
この世界の創世伝説には、フィルシアーナ様以外にも六柱の神様が語られているのだ。
フィルシアーナ様が実在するのなら、他の神様だって存在していらっしゃるのかもしれない。
《……だいたいそんなところだ。この大陸にやってきたのは、いわば気まぐれな旅のようなもの。
差し迫った予定も無いから、おまえの王都行きにもついていってやろう》
「ありがとうございます!」
心強い言葉だ。
初めての王都、私も不安があったけれど、フォルカ様と一緒なら安心だった。
《……これも偶然、いや必然の一側面か》
「何か言いましたか?」
《何でもない》
問いかけるとフォルカ様がふわりと、尻尾をひと振りしたのだった。

☆☆☆☆☆

王都へは馬車を使い、五日ほどの旅になるらしい。

エルことミヒャエル殿下と護衛が十人ほど。

私はエルの話し相手兼料理人という肩書で、フォルカ様とコンと一緒に旅についていくことになった。

そしてルークさんも護衛として、旅の一員に組み込まれているようだ。

「ルークさん、メルクト村を離れて良かったんですか？」

メルクト村の石垣の外。

エルたちの乗る馬車を待つ間、クロルを連れたルークさんに問いかけてみた。

「問題無い。幸い森の監視と調査の結果、『氾濫』の予兆は無いと確認できた」

「ひと安心ですね」

「あぁ」

ルークさんの返答は短かったけれど、安堵が込められているのがわかった。

もしかしたらメルクト村がまた『氾濫』に襲われるかもしれないと、ずっと気を張っていたようだ。

「現時点で『氾濫』の予兆は見られないと報告した結果、上から別の任務を命じられた。これからはミヒャエル殿下の護衛として、付き従うことになったんだ」

「今までエルのお忍びを見守っていたのも、お仕事の一環だったんですか？」

「いや、違う。あれは俺が自主的にやっていただけだ。師匠はミヒャエル殿下のことをかわいがっていた。殿下の身に何かあってはいけないと、見守らせてもらっていたんだ」

「そうだったんですね……」

言いつつ、少し疑問が残った。

ルークさんはエルの護衛だけでなく、よく私のためにも時間を割いて、あれこれと助けてくれている。

ありがたかったけれど、ずっと疑問に思っていたのだ。

竜騎士は国に百人といないエリート。そんなルークさんが、『氾濫』の調査のためとはいえ、メルクト村に派遣されるものだろうか？

きちんと監視と調査の仕事はこなしていたようだけれど、私やエルを構ってくれる時間だってあったのだ。ルークさんほど優秀で真面目な人なら、もっと別の何か、大きな仕事を上から命じられても不思議ではないはずだった。

「ルークさんはなぜ、メルクト村に派遣されていたんですか？」

これ、聞いても大丈夫かな、と思いつつ、私は小声で尋ねた。

「……厄介ばらいのようなものだ」

「ルークさんがですか？　信じられません」

「間違いない。俺が昔から、ミヒャエル殿下と交流があったのは話しただろう？」

「ヤークト師匠とエルのお母さんの縁が元で、付き合いがあったんでしたっけ？」

「そうだ。俺が竜騎士団に入隊し王都で働きだした後も、メルクト村に帰郷した際は離宮まで足を伸ばし、ミヒャエル殿下の様子を見に行っていたんだ」

エルのお母さんはメルクト村を『氾濫』が襲った翌年、流行り病で儚《はかな》くなってしまったと聞いていた。きっとルークさんはエルを不憫《ふびん》に思い、たびたび顔を出してやっていたのだ。

「俺に何か特別、深い考えがあったわけではなかったが……。竜騎士団の上層部や、上層部と付き合いのある人間は、そう思ってはくれなかったようだ」

「あ……」

話の輪郭が見えてきた。

「エルは王位継承権が低いとはいえ王子で、もしかしたら王太子殿下を脅かすかもしれない人間で、そんなエルと交流のあるルークさんは、王太子殿下の派閥の人からしたら厄介ものだったってことですか……？」

「当たりだ。君は賢いな」

「わっ！」

褒められ頭を撫でられてしまった。

少し恥ずかしかった。

「俺がただ、ミヒャエル殿下の寂しさを紛らわそうとしているだけでも、王都においては要人と人脈を築き影響力を強めるつもりかと恐れられていたようだ。俺にはそんな考えも能力も無かったが……。誤解されても仕方なかったからな。そのせいで一年ほど前、俺は王都での竜騎士団の任務から外されてしまった。『氾濫』の予兆が無いか調べてこいと、メルクト村へと派遣されたんだ」

「そんな事情があったんですね……」

一種の島流し。体《てい》のいい左遷人事の結果、ルークさんはメルクト村へやってきたようだ。

「俺としても、もしかしたらまた『氾濫』が発生するかもと気がかりだったから、望むところだったが……。聖女様が見いだされたことで、ミヒャエル殿下を取り巻く状況は大きく変わってしまった。聖女様の婚約者候補となったことで殿下の政治的な価値は、望まずして高くなってしまったんだ」

ルークさんの声には苦渋が滲んでいた。

エルのひとりの人間としての幸せを、心から望んでいるからこその言葉だ。

「……そのせいで、エルと交流のあるルークさんも、護衛任務を命じられたんですね」

「どうやらそのようだ。竜騎士団の上層部はミヒャエル殿下と馴染みのある俺を護衛につけることで、ミヒャエル殿下の心証を良くしたいようだ」

「……政治って怖いですね」

冷遇した相手であっても、状況が変わればあっさりと掌を返す。

ルークさんは竜騎士というエリート、希少な人材であるからこそ、政治中枢部の人間の思惑に振り回されているようだ。

「俺に政治はわからないが、剣を振りクロルを駆ることはできる。これからはミヒャエル殿下を狙う敵も増えるから、しっかりと傍でお守りするつもりだ」

「……無茶はしないでくださいね」

私はそう告げることしかできなかった。

ルークさんと私との距離を実感する。

本来であればルークさんもエルも、私のような平民が会話を交わすことはできないはずの相手だ。

メルクト村での交流は、いくつもの偶然の上に成り立った束の間のもの。

この先の道は分かたれているのだと、寂しさと共に理解してしまった。

「――――ルーク！　リナリア！　待たせたな！」

車輪の音を響かせ、エルを乗せた馬車がやってきた。

扉が開くと、ぱたぱたとフィルが肩へと飛んでくる。

「ちぴきゅっ！」

白い羽に包まれた丸い体を、フィル様がほっぺへとすり寄せてくる。

頭から生えた飾り羽が、ふよふよと私の顔の前で揺れていた。

「フィル、六日ぶりだね」

指の腹で柔らかく、頭を撫でてやった。

滑らかな羽毛と人間より高い体温。

羽を畳んだフィルはころんと、小さく丸い見た目になっていた。

王族以外には懐かないはずの聖鳥だが、フィルは初対面時からとてもフレンドリーだ。

聖鳥は光の女神であるフィルシアーナ様の眷属だから、光属性の魔力を持つ私とは、相性がいいのかもしれない。

ぴぃぴぃと甘え鳴くフィルを撫でていると、

「そろそろ行くぞ！　王都へ向け出発だ！」

エルの号令が響いたのだった。

☆☆☆☆☆

馬車に揺られ五日間。

車輪から伝わる音と振動にようやく慣れてきた頃、目的地の王都へ到着したようだ。

「わぁ……！」

城壁の門を抜けると、一気に空気が華やいでいる。

大きな道の両側にずらりと立ち並ぶ建物に、数えきれないほどたくさんの人。道幅は広く、大型の馬車同士でも余裕ですれ違えそうな立派な通りだ。道の左右にはあちこちで屋台が並んでいて、メルクト村では見たことの無い料理も売られていた。

「きゅぅぅ……！」

窓から顔を出し、コンが屋台のひとつを見ている。漂ってくる匂いが気になるようだ。フォルカ様も興味があるのか、ぴくぴくと鼻先が動いていた。

この馬車に乗っているのは私とコン、フォルカ様、エルとフィル、それに護衛の男性のふたりだ。ルークさんは旅の間、クロルに乗り馬車を先導するように飛んでいたが、王都入りした今は一旦離れ、竜騎士団の建物へと報告に向かっている。

前方を見上げるとちょうど空を舞うクロルと、王城の尖塔が目に入った。

この世界に生まれ変わってから見た中で、圧倒的な高さを誇る建物。王家の威光を示すように、王都中央にそびえ立っていた。

「立派ですね……」

王都の構造は同心円状。玉ねぎの中央にあたる部分が王宮で、その周りが順番に貴族街、裕福な平民の住む区画、今いる多くの平民が行き来する区画となっているらしい。

馬車は貴族街にあるお屋敷、エルの母方の実家の持つ屋敷のひとつへと向かっていた。

旅の汚れを落とし身支度を整え、王宮に上がるのは明日になる予定らしい。私は王宮には上がれないので、明日以降は軽く王都を見学して、メルクト村へと帰るつもりだ。

「…………」

もうすぐエルともルークさんともお別れだ。

寂しさを覚えていると、馬車が減速していった。

大きな屋敷の馬車停まりに停止したようだ。エルの母方の実家は勢いを弱めていると聞いたけれど、それでも平民からすれば十分に豪邸だった。

豪華なのは建物だけではないようで、馬車から降りるとずらりと、使用人と侍女が並び出迎えていた。

「ミヒャエル殿下、ようこそお越しいただきました」

「あぁ、歓待ありがとう」

エルが手を振り、堂々とした足取りで歩いていく。

すごいなぁ。

王族だけあり、こういう場面での振る舞いが様になっている。

感心していると、ふと。

よく見るとエルの手が、小さく震えているのに気が付く。

一見余裕のようだが、やはり緊張しているようだ。

出迎えの歓待が一段落し、周りにいるのが護衛だけになった時、そっとエルの手を握った。

「ミヒャエル殿下、大丈夫です。立派でしたよ」

「……おまえにミヒャエル殿下と呼ばれると落ち着かないな」

エルが苦笑し、大きく息をついた。

「誰か聞いているかもしれませんから」

「そうだな。……用心しないといけないな」

エルはため息をつくと、ガラス張りの窓を見つめた。

「気晴らしに庭を見てくる」

「はい」

エルから少し離れついていく。

私はエルの話し相手という肩書をもらっているので、共に行動することを認められていた。ちなみにフォルカ様とコンも、私のペットのようなものだということで一緒だ。

高そうな絨毯がしかれた廊下を通り、屋敷の前方に広がる庭へ入っていった。綺麗に整えられた低木や花々を見ていると、

「ミヒャエル殿下、失礼いたします」

屋敷の使用人が慌てた様子でやってくる。

「聖女様がこちらへやってくるそうです」

「聖女様が？　今から？」

「そのようです。ミヒャエル殿下の王都入りを知り、さっそくいらっしゃるそうです」

聖女様、ずいぶんと行動が早いようだ。

少しすると四頭立ての豪華な馬車が屋敷へとやってくる。

馬車停まりへ向かい頭を下げていると、音を立て馬車の扉が開かれた。

「あなたが、私に婚約を申し込もうっていう王子様？」

「――――っ⁉」

顔が引きつる。叫んでしまいそうになる。

どうしてここにっ⁉

なんで馬車から聞こえた声がマリシャ⁉

まさか聖女様ってマリシャなの⁉

なぜどうして、と。

混乱し動揺していると、

「こらマリシャ、そんなに慌てるんじゃない」

またもや聞き覚えのある声が響いた。

怖い。

体が震えそうなのを必死で抑えつける。

唇を噛みしめ、そっと視線を向けると間違いない。

ギリスおじさんだ。

豪華な服を着て少し太っているけれど、隣にはヴィシャおばさんもいる。

せりあがってくる吐き気をこらえながら、エルと交わされる会話に耳をこらす。

「ふぅん、あなたがミヒャエル様よね？　私より一歳年上なんだっけ？」

「聖女様、ごきげんよう。僕は今年十一歳ですよ」

確定だ。

やはりマリシャが聖女だったようだ。

こんな偶然。まさかの巡りあわせに、喉が引きつり小さく鳴ってしまった。

「ん？　なんの音？」

運悪く聞かれてしまったようだ。

マリシャの顔が驚愕で歪んでいく。

「今のあなた、が……リナリアっ⁉　あんたリナリアじゃないの⁉」

「っ、痛っ……‼」

駆け寄ってきたマリシャに髪を掴まれ、強引に上を向かされる。

「聖女様！　リナリアに何をするんだ⁉」

「わっ！」

エルが制止に入ってくれ、おかげで髪が解放された。

よろめき後ずさると、マリシャがこちらを睨みつけている。

「こいつ、私の家にいた居候よ！　死んだはずなのにどうしてここにいるの⁉」

「わ、私は……」

唇が震え上手く喋れなかった。

突き刺さるギリスおじさんとヴィシャおばさんの視線。

罵られぶたれた過去が蘇り、寒気と恐怖が止まらなかった。

「待ってくれ。リナリアは僕の住んでいた離宮の近くに暮らす平民で、話し相手としてついてきてくれただけだ」

エルが仲裁に入ろうとしてくれたけれど、

「話し相手⁉　あんたそうやってミヒャエル様に近づいたの⁉」

マリシャの怒りを煽《あお》ってしまったようだ。

「あんた何考えてるのよ⁉　ミヒャエル様のこと利用するつもり⁉」

「ちが、っ……！」

駄目だ。

呼吸を落ち着けようとしても体が強張り、まともに口が回らなかった。

これ以上私がここにいてはマリシャの不興を買い、エルにまで迷惑をかけそうだ。

「っ、今までありがとうっ……！」

エルにどうにか頭を下げ、震える足を動かし走り出す。

屋敷を出て遠ざかって。

息が切れ動けなくなるまで、私は全力で走り続けた。

「げほっ、ごほっ……！」

喉が酸素を求め痙攣する。

道端でうずくまっていると、ふわりと頬に尻尾が当たった。

《少しは落ち着いてきたか？》

「フォルカ様……」

呼吸を整えつつ口を開く。

フォルカ様とコンも、私についてここまで来てくれたようだ。

《先ほどの無礼な小娘、消し飛ばしてやろうかと思ったぞ》

「……それはやめてください」

今やマリシャは聖女だ。

彼女に危害を加えては、フォルカ様が追われることになってしまう。

《おまえ、これからどうするつもりだ？》

「私は……」

元々、明日にでもエルたちとは別れ、王都を見物した後メルクト村へ帰る予定だった。

エルにきちんとお別れを言えなかったのは残念だけれど仕方ない。

私がまたエルの元を訪ねると、マリシャたちに知られエルの立場がまずいことになるかもしれない。エルとの別れが一日早まっただけと、そう考え諦めるしかなかった。

「……ルークさんに会いに行こう」

竜騎士団の本部へ向かうと言っていた。

直接会えるかはわからないが、誰かに伝言を頼むことくらいはできると思いたい。

聖女が私の従妹のマリシャであったこと。

私はマリシャに嫌われているため、エルの元から去ったこと。

そしてマリシャの両親、ギリスおじさんたちについて、ルークさんに伝えておきたかった。

ギリスおじさんたちは何年も、私に虐待同然の扱いをしていた。人柄が信用できないので気を付けてくださいと、そう伝えておいた方がいい。

エルは周りの大人から聖女との婚約を望まれているけれど、聖女がマリシャであると知った今、心配でたまらなかった。

私は雑貨屋を探し便箋一式を購入し、ルークさんへの手紙をしたためた。

ゼーラお婆さんが暇を見て教えてくれたおかげで、簡単な読み書きはできるようになっている。

肌身離さず財布を身に着けていたので、幸い当面のお金もどうにかなりそうだ。

手紙の文面を確認し封をすると、屋台で豚肉を挟んだパンを買い求める。お代を渡す際、竜騎士団本部の場所を聞くと、確かあっちの方だと教えてもらうことができた。

豚肉を挟んだパンをフォルカ様とコンと分けて食べる。ギリスおじさんへの恐怖が抜けきらないせいか、残念ながら味はよくわからなかった。

パンを食べ終え、教えられた方向へ歩き出す。

慣れない王都の道で迷いながらも、竜騎士団本部が広い敷地を持っていて目立つおかげで、日が暮れる前にたどり着くことができた。

「駄目だ。一般人は立ち入り禁止になっている」

「そうですよね……」

竜騎士団は国直属の組織で、所属している人間はエリートぞろいだ。

簡単に敷地内に入ることはできないようで、門番に足止めを食らってしまった。

「竜騎士の方に、手紙を渡してもらうことはできますか？」

「必ず届くと保証はできないがいいか？」

「お願いします」

門番にルークさんへの手紙を託し、ひとまず引き上げることにする。

あらかじめルークさんから教えられていた宿を探し、私は竜騎士団本部を後にしたのだった。

☆☆☆☆☆

ミヒャエルが王都へやってきてから七日後。

「なんなのよもうっ！」

マリシャは苛立ちを募らせていた。

不機嫌の理由はいくつかあったが、最大の原因はリナリアだ。

「リナリアがミヒャエル様に変なことを言ったせいでっ……！」

ぎりぎりと唇を引き結ぶ。

代々の聖女は、王族と婚姻を結ぶことが多かったらしい。

現時点でのマリシャの婚約者候補として、もっとも条件が整っているのがミヒャエルだ。

しかしマリシャは、既にウィルデン王太子に惹かれていたし彼の後ろ盾を得ていた。ミヒャエルとの婚約には乗り気ではなかったが、それでも一度顔を見てやろうと、魔術の授業をさぼりがてら、あの日ミヒャエルの元へ足を運んだのだ。

まさかそこに死んだと思っていたリナリアがいて、しかもミヒャエルに気に入られているなど、マリシャに予想できるわけがなかった。

リナリアは姿を消したが、彼女の置き土産らしき影響がある。

何を吹き込まれたのか、ミヒャエルはマリシャと距離を取ろうとしていた。

マリシャへ求婚するよう周りの大人から圧力をかけられているようで、あからさまに悪感情を見せることこそ無かったが、マリシャをチヤホヤすることも無く冷めた様子だった。

「むかつく……！」

腹立たしいことこの上なかった。

マリシャは聖女と持ち上げられている。

王太子であるウィルデンでさえ、マリシャへは甘い言葉を囁《ささや》き傅いている。

なのにミヒャエルは、そんなマリシャの歓心を得ようと思っていないのだ。

「全部リナリアのせいよ！」

聖女である自分は全てから愛されるべきとマリシャは考えていた。

だからこそミヒャエルの態度が許せず執着している。

自分の素晴らしさを知らしめ、敬わせようとムキになっていたのだ。

「……ミヒャエル様だってじきに、私を愛するようになるわ」

ミヒャエルはリナリアに騙されているだけ。

こちらの魅力を知れば、リナリアよりマリシャを選んでくれるはず。

マリシャはそう考え、ミヒャエルの元へ何度も突撃している。

ウィルデン王太子派の人間はミヒャエルと親しくならないよう諫めたが、そんなの知ったことでは無かった。

「マリシャ様、そろそろ魔術の練習のお時間で――」

「行かないわよっ‼」

声をかけてきたメイドに、マリシャは怒鳴り返した。

ただでさえ悪かった機嫌が更に悪くなっていく。

マリシャの不機嫌の理由ふたつ目は、未だ魔術を使えないことだ。

一向に発動しない魔術に教師役の神官はいい顔をせず、マリシャはますます練習が嫌いになっていた。

「ミヒャエル様のところに行ってくるわ！」

「マリシャ様、お待ちください！　ミヒャエル殿下には昨日お会いしたばかりです！」

「いいでしょ別に⁉　私の自由よ！」

言い捨てるとマリシャは、魔術の練習から逃げミヒャエルの元へ向かった。

ひとり残されたメイドはマリシャの背中を見送ると、すうと瞳を細め呟いた。

「これ以上は放置できませんね……」

メイドはマリシャに仕えているが、真の主人は別にいるのだ。

マリシャは強くミヒャエルに執着しているようで対策が必要です、と。

メイドは自らの主人へと、報告を行うことにしたのだった。

第七章 「聖女とご飯の関係は」

「やっと見つかった〜〜〜〜」

一枚の布を手に、私は大きく息を吐いた。

エルの元を去ってから八日後、私はまだ王都に留まっていた。

目的は目の前の布。この布を探して、王都の布地店を巡っていたのだ。

「ここまで長かった……！」

訪ねた布地屋は二十軒近く。

メルクト村では手に入らない、別の地方特有の染料で染められた布だ。お針子のハーナさんに、王都で買ってきてくれないかと頼まれていた。

ハーナさんには服を見立ててもらったり色々とお世話になっている。せっかく片道五日もかけ王都まで来たのだからと、お土産代わりに布を探していたのだ。

「お金、多めに持ってきてて良かった……！」

元々はエルと別れた後三泊ほど王都で宿を取り、メルクト村へ帰る予定だった。

しかし布探しに思ったより時間がかかったこともあり、乗る予定の馬車に間に合わなくなってしまったのだ。メルクト村を通る乗合馬車は一週間に一本。二日後の便で、メルクト村へ帰ることになりそうだ。

「……それまでに一度、ルークさんと話ができたらいいな」

王都への滞在を伸ばしたもうひとつの理由は、ルークさんから連絡があるかもと思ったからだ。

王都に到着した日以来、ルークさんとは会えていなかった。

竜騎士団本部にいた門番に手紙を預けてはいたけれど、届いたかどうかも不明だ。

今私は、村を出る前に教えてもらった宿に滞在している。

この宿の名前は手紙にも書いたけれど、今のところルークさんからのリアクションは無かった。

手紙が届いていたとしても、エルの護衛で忙しくて、私に構っている暇は無いのかもしれない。

できたらルークさんにはきちんとお別れを言っておきたいし、エルが今どうしてるかも教えてほしかった。

「スマホがあれば、こういう時助かるんだけどなぁ」

前世の文明の利器が懐かしくなる。

この世界、魔術という便利な力があるせいか、機械系の技術は発展していないようだった。

《すまほとはなんだ？》

隣を歩くフォルカ様が聞いてきた。

疑問符を浮かべるフォルカ様へと、宿へ戻る道すがら小声で解説をしていく。

「スマホは前世で使われていた、離れた場所にいる人と話すことができ――――」

「リナリアっ！」

「っ⁉」

叫び声に振り返った。

ルークさんだ。

マントをはためかせ、こちらへと走り寄ってくる。

「どうしたんですか？」

再会は嬉しいが、ルークさんの様子が気にかかった。

手紙に書いた宿を訪ねるも、私は不在で走って探していたようだ。

焦燥感と苦渋が、整った顔立ちに滲んでいるような気がする。

「ミヒャエル殿下を見ていないか⁉」

「エルを？」

首を横に振った。

「いいえ、見てません。王都到着初日に別れてから、一度も会っていません。エルがどうかしたんですか？」

嫌な予感を覚えつつ尋ねる。

ルークさんの表情が険しさを増していった。

「ミヒャエル殿下は行方をくらましている。王宮に与えられた自室には『少し自由にしたいから抜け出す。捜さないでくれ』と書置きが残されていた」

「お忍びで抜け出した……うぅん、たぶん違いますよね？　エルはそこまで、自分勝手には振る舞えないと思います」

「そのはずだ。書置きの文章は短いうえに走り書きで、ミヒャエル殿下の筆跡と断定することはできなかった。偽造されたものであると俺は考えている。殿下であればもっときちんとした書置きを残していた方が自然だし、何より、メルクト村によくお忍びで来ていた頃とは、状況がまるで違っているからな」

メルクト村へのお忍びが見逃されていたのは、エルの政治的な価値が低かったからこそだ。

王宮に住まい、聖女の婚約者候補として大人たちに担がれている今、お忍びなどすれば大騒ぎになりまずいことになると、エルも理解しているはずだ。

「もしかして、誘拐……？」

「その可能性が高いと俺は考えている。最後にミヒャエル殿下が目撃されたのは、王宮の中の人気の少ない場所だ。誘拐犯からしたら、おあつらえ向きの状況だった」

ルークさんが歯ぎしりをしている。

エルの護衛についていながら誘拐を阻止できなかったと、自分を責めているようだ。

強く握り込まれ爪の食い込んだ掌を、今度は血が滲む前に手を当て開かせる。

「ルークさん、落ち着いてください。誘拐されたエルの監禁場所について、何か情報はありませんか？」

「……まだ無い。だからこそ、君の元を訪ねてみたんだ。もしかしたらミヒャエル殿下が本当にお忍びでやってきているかもと、わずかだが期待してしまったんだ」

「……そうだったんですね」

やはり、有力な手がかりは存在しないようだ。

藁にもすがる思いで、私の元を訪ねてきたらしかった。

「エル、どこへ攫《さら》われたんだろう……」

怖い思いをしているはずだ。

怪我をしてるかもだし、考えたくないけれど……最悪の事態もあるのかもしれない。

「……エルがもう、殺されてしまっている可能性は？」

「……低いはずだ。命を奪うつもりなら、誘拐など企まずミヒャエル殿下をその場で害する可能性が高いからな」

確かにその通りだ。

今はまだエルはどこかで、生かされていると思いたかった。

「脅迫状のようなものは届いていないんですよね？」

「届いていないはずだ。今のところ誘拐犯側からの動きは無い。狙いがよくわからないんだ」

「エルと聖女様が結びつきを強めるのを、歓迎していない人間の犯行でしょうか？」

「その可能性は高いが……。それならばもっとやりようがあるはずなんだ。それこそ、ミヒャエル殿下の命を奪ってしまった方が、ずっと簡単でやりやすいはずだ」

つまり、嫌な話だけれど、人ひとりを攫い監禁するより、さっさと殺す方が簡単だし、足がつくリスクも少ないということ。

そこまで考え、私は別の可能性に思い至った。

「……もしかして、ですけど……。やっぱり誘拐犯たちの目的は、エルの命なんじゃないでしょうか？」

「どういうことだ？」

「エルを殺してしまえば、当然犯人探しが行われると思います」

例えば王太子であるウィルデン殿下がエルの殺害をもくろみ成功したとしても。

ウィルデン殿下の政敵が、エル殺害の黒幕がウィルデン殿下だという証拠を探すはずだ。

「だからこそ今回の犯人はエルを誘拐したうえで、『お忍びで出かける』という書置きを残したんじゃないでしょうか？　お忍びで出かけた先で、不運にもエルは事故に遭い命を落としてしまった……。そんな筋書きを望み、事故に見せかけエルの命を奪うつもりじゃないでしょうか？」

私やルークさんは、今の状況でエルがお忍びで出るような性格ではないと知っている。

しかし他の人が、エルが離宮にいた頃頻繁に、お忍びで抜け出している事実を知っていたとしたら？

今回のエルの失踪も、お忍びのために自主的に抜け出したのだと、そう捉えられても不思議では無かった。

「事故に見せかけた暗殺、か。俺も一度考えてはみたが……」

ルークさんが眉を寄せている。

「だが、それは難しいはずだ。階段から突き落とすとか、あるいは検出されにくい毒を使い自然死に見せかけるとか……。そうして事故に見せかけ命を奪ったところで、その程度では疑いは晴れないはずだ。ミヒャエル殿下は王族で、政治的な価値が高くなっている。地震に巻き込まれ倒壊した建物の下敷きになるとか、そういう人間ではどうしようもない災害に巻き込まれたのでもない限り、本当に事故であっても、殺人ではないかと疑われる身の上だ」

「…………」

確かにルークさんの言う通り、事故に見せかけての殺人は無理がありそうだ。

誘拐犯たちが何を企んでいるのか、まるで推測することができなかった。

「……私にも何か、エルの捜索で役に立てることはありますか？」

「すまないが、今のところは無さそうだ。俺はこれから捜索に戻るから、もし何か手がかりを見つけたら、竜騎士団の本部に来て俺への言伝《ことづて》を――」

「ぴいっ‼」

「っ、フィル⁉」

思いがけない声に振り向く。

フィルが一直線に飛んできて、私の肩へととまった。

「フィルは無事だったのね！」

エルに懐いていたフィル。

ならばもしかして。

「エルの監禁場所を知ってる⁉」

「ぴきゅっ‼」

フィルが頷く。

嘴《くちばし》でまっすぐ一方向を、南の方を指し示した。

「案内して！」

叫び促す。

しかしフィルは、私の肩から飛び立とうとしなかった。

「フィルどうしたの⁉」

「ぴきゅぴきゅぴ！」

「っ⁉」

フィルが今度はルークさんの肩の上にとまった。

私、ルークさん、南の方角。三つを交互に、フィルの嘴が指し示している。

「あ、そういうこと⁉　監禁場所へ、ルークさんとクロルに乗せてってもらえってこと？」

「きゅぴっ！」

フィルがこくこくと何度も頷く。どうやら正解だったようだ。

「クロルはどこに⁉」

「すぐに来る！」

ルークさんが懐から笛を取り出した。

唇に当てるも音は出なかったが、代わりに羽音が聞こえてくる。

「ぐぎゃっ！」

上空から舞い降りるクロルに、周りの人が驚き逃げていった。

でもそのおかげで、離着陸のためのスペースが空いたようだ。

ルークさんに命綱をつけてもらい、鞍の上へと乗っかる。フォルカ様に視線で合図すると頷いてくれた。地上を走りついてきてくれるようだ。

「飛ぶぞ！　まず竜騎士団の本部に寄って応援を頼み、その後監禁場所へ――」

「ぴっ！」

「うおっ⁉」

ルークさんの視界を遮るように、フィルがさかんに飛び回っている。

「フィルどうしたの⁉」

「っ、まさか、応援を頼みにいく時間も無いほど、ミヒャエル殿下に危機が迫っているということか⁉」

「きゅぴっ！」

フィルが頷き、ルークさんの顔が青ざめた。

「ミヒャエル殿下の元へ直行する！　先導頼んだぞ！」

クロルが羽ばたき、フィルを追い飛び始めた。

ぐんぐん加速し、あっという間に王都の城壁を越えてしまった。

猛烈な風が頬を叩き、クロルの羽ばたきに合わせ体が上下に揺すぶられる。

舌を噛まないよう鞍にしがみつき耐えていると、フィルが高度を下げ始めた。

「あの村か⁉」

ルークさんが叫んだ。

王都から少し離れた場所にある小さな村。

フィルに導かれ、その中の一軒、石造りの二階建ての建物の近くへと降り立つ。建物に窓は無く扉は閉ざされ、錠が下ろされているようだ。

「少し下がってくれ」

ルークさんの指示に従うと、呪文が唱えられ雷が生まれる。

剣を振るう姿が印象的で忘れかけていたけれど、ルークさんは魔術師でもあった。

雷は錠前を打ち据え、衝撃で扉が内側へと倒れこむ。

「中を見てくる！　怪しい奴が来たら呼んでくれ！」

「はい！」

残念ながら私は、襲ってくる人間には無力だった。

浄化の魔術のおかげでモンスターには強いけれど、対人戦闘能力はほぼゼロ。周囲を警戒していると、フォルカ様が走り寄ってきた。

「早い！　地上を駆けてきたんですよね⁉」

《竜の翼程度に負ける我ではない》

えっへん、と。フォルカ様が胸を張り答えた。背中ではコンが目を回している。フォルカ様の背中に乗せられ揺さぶられ、ここまで連れてこられたようだ。

《エルはこの建物の中に監禁されているのか？》

「たぶんそうだと思います」

今のところ中から大きな物音や、争う声は聞こえてこなかった。むしろクロルを見て集まってきた村人のおかげで、外の方が騒がしいくらいだ。

何かあればすぐ動けるよう、注意深く建物を見てしばらく。

「ルークさんっ！」

目をつぶったエルを抱きかかえ、ルークさんが外へと出てきた。

「エルは無事ですか⁉」

「眠らされているだけのようだ」

背伸びをし、抱きかかえられたエルの顔を覗き込む。

微かな寝息と共に、規則正しい呼吸が繰り返されていた。

「良かったっ……‼」

大きく息を吐くと、安堵に体の力が抜けていった。

「ルークさんも怪我はありませんか？」

「無事だ。中には誰もいなかったからな」

「……ひとりも？　ひとりも見張りはいなかったんですか？」

「そのようだ。一階奥の部屋で、ミヒャエル殿下がひとりで眠っていた。縛られているわけでもなく、ただ床に寝かされていただけだ」

「エルひとりで、ただ寝かされていただけ……？」

よくわからない話だ。仮に人手が足りなくて見張りを置けなかったのだとしても、エルの手足を縛るくらいはできるはずだし、やらなければおかしかった。

「誘拐犯は、一体何を考えてるんでしょうか……？」

「不明だがミヒャエル殿下はご無事だ。薬をかがされたのか深く眠っているが、目を覚ませば誘拐犯について何か話してくださ――――何だこの鐘は？」

突如鐘の音が鳴り響いた。

リンゴンリンゴンと、何度も何度も打ち鳴らされている。村人たちもざわめき異常事態のようだった。

「――――逃げろっ！」

男性が走ってきた。

恐怖を顔に貼り付け、大声で村人たちへと叫んでいる。

「モンスターだ！　北からモンスターの大群がやってくるっ‼」

「ひっ⁉」

「何だって⁉」

「逃げるぞ‼」

蜂の巣をつついたように、我先にと村人たちが逃げ始めた。

悲鳴に混じり、うなり声が北の方から何重にも響いてきている。

「どういうことだ……？」

ルークさんが険しい顔をしている。

「この辺りに、人間を襲う危険なモンスターはいないはずだ。まさかこれは……」

「……『氾濫』？」

顔が青くなるのがわかった。

多大な被害をもたらす、自然災害のような現象。

滅多に発生しないはずなのに運が悪すぎでは？

いやあるいは、そうじゃなくてもしかしたら――

「リナリア！」

「！」

ルークさんの叫びに、はっと私は我へと返った。

「俺はクロルとモンスターの元へ向かう！　リナリアはミヒャエル殿下を連れ逃げてくれ‼」

「ま、待ってくださいっ‼」

慌ててルークさんのマントを引っ張った。

「ルークさんとクロルだけじゃ無理です‼」

「時間稼ぎにはなる！」

「やめてください！」

死にに行こうとするルークさんを引き留める。

マントを握りしめ、必死にその場に留めようとした。

「行くなら私も連れていってください！　私には浄化の魔術があります！　何とかなるかもしれません！」

「君が危険すぎるから断る！」

「きゃっ⁉」

強く引っ張られ、掌からマントがすり抜けてしまった。

たたらをふんでいるとルークさんが素早く、クロルへと騎乗している。

「ミヒャエル殿下を頼む！」

「ま、待ってください！」

駄目だ。

このままではルークさんが死んでしまう。

なんとか止めないと、と考えて、

「クロルに乗せてくれないなら、私はフォルカ様に乗って追いかけます！」

「なっ⁉」

思いつきのまま勢いのまま、私はフォルカ様の背中を掴んだ。

「すみませんフォルカ様お願い――」

「待てっ‼」

ルークさんが駆け寄ってくる。

「やめろ正気に戻れ！　狐に乗ってどうするつもりだ⁉」

「ならクロルに乗せてください！」

「断る！」

「じゃあフォルカ様に乗ってついていきます‼」

「……っ‼　わかった乗れ‼」

ルークさんが根負けし叫んだ。

素早く命綱をつけてもらい鞍に跨《また》がる。エルはフォルカ様とフィルに任せておいた。聖鳥であるフィルと一緒ならばと、ルークさんも踏ん切りがついたようだ。

クロルがばさりと羽ばたき、みるみる高度が上昇していった。

「……！　あんなにモンスターが……‼」

まるで黒い津波だ。

モンスターの大群が北側から、村の中へと殺到してきている。

ざっと見る限り、襲われている人間や死体は見あたらないけれど、このままでは時間の問題だ。

モンスターは数えきれないほどひしめいている。爬虫類っぽいのや獣っぽいのまで、様々な種類が押し寄せてきているようだ。

「ここから浄化の魔術は届きそうか？　俺の雷では難しい距離だが……」

「もう少し高度を下げることはできませんか？」

「駄目だ。これ以上下がると、モンスターの攻撃を受けてしまう」

現在、高度はざっと数十メートルほど。

以前にどこまで浄化の魔術が届くか試してみたところ、百メートルは軽く超えていた。

射程距離は足りるはずだが、恐怖と緊張で心臓がばくついている。

失敗すれば村人が死ぬし、ルークさんや私も無事でいられないかもしれない。

集中し浄化の魔術を使おうとするが、モンスターの大群を目にすると、びくりと体が固まってしまった。

「っ……‼」

「難しそうか？」

「もう少しだけ待ってください！」

やらなければルークさんが死ぬ。私を降ろしモンスターの元へと行ってしまうはずだ。

落ち着いて集中して落ち着いて。

深呼吸、深呼吸。

今まで私は数えきれないほど、食材に浄化の魔術を使ってきたはずだ。

オムレツ、そうオムレツだ。

地上にいるのはモンスターじゃなく、何度も浄化の魔術をかけてきたオムレツだ。

ただのオムレツの集団。そう思い込むと気が楽になってくる。

やれる。やれるはず。オムレツ相手ならいける気がした。

『光よ、害あるを拭い不浄を清めたまえ！』

地上へ向け浄化魔術を発動。

掌に宿る光が弾け降り注ぎ、地上へと光の柱が突きたつ。

光の奔流が眩いほどに、村中を包み込んでいくのが見える。白い光に触れた端から、モンスターが消し飛んでいった。

「あれだけいたモンスターがたった一撃で……」

ルークさんが茫然と呟いた。

「良かった……」

間に合ったらしかった。

魔術行使の反動でぐったりと疲労しつつも、眼下の状況を確認していく。

村人たちはモンスターと反対側へと逃げていたおかげで、犠牲者はいないようだ。ルークさんは上空から村をひと回りし、ミヒャエル殿下たちの近くへとクロルを着陸させた。

「ミヒャエル殿下をありがとう」

ルークさんがフォルカ様へと、その背中で眠るエルへと近づいていき――

「動くな」

「ひっ⁉」

間近でぎらりと光る銀色の刃。

背後から覆い被されるようにして、喉にナイフを突き付けられている。

疲労と油断のせいで動きが鈍り、あっさりと人質にされてしまっていた。

「リナリア⁉」

ルークさんが叫び、フォルカ様が毛を逆立てる。

「おっとそっちも動くなよ？　このナイフが見えてるよな？」

「……っ！」

鋭い痛みが走り血が流れた。傷は浅いようだが、ナイフは喉に押し付けられたままだ。私を巻き添えにするのを恐れて、フォルカ様も炎を出せないでいる。

「……貴様、ミヒャエル殿下誘拐犯の一味か？」

「あぁそうさ。念のためギリギリまで、村に残り様子を見ていて正解だったようだな」

背後で誘拐犯の男がせせら笑った。

「本当なら眠り込んでる殿下を、村の中に押し寄せたモンスターどもがやってくれる予定だったんだが……。まさかモンスターを全部、この小娘が浄化しちまうなんてな」

「……まさか、あなたたち……」

震えながら私は口を開く。

怖くてたまらないけれど、聞き逃せない発言があった。

「あなたたちは人為的に、『氾濫』を引き起こすことができるの……？　ミヒャエル殿下が偶然『氾濫』に巻き込まれたように演出して、殺そうとしていたということ……？」

「はは、勘のいい小娘だな」

「……‼」

「貴様っ……！」

ルークさんが全身で叫んだ。

「『氾濫』をわざと引き起こすだと⁉　ふざけるな‼　どれだけ人が死ぬと思ってるんだ⁉」

「おーおー熱いねぇ。正義感たっぷりだなぁ」

「黙れ！」

「黙るのはそっちだ。小娘を死なせたくなかったら剣をすぐに捨てろ」

「っ……！」

誘拐犯の脅しを受け、ルークさんが剣の柄を握りしめている。

「さっさとしろ。小娘に傷を増やしたいのか？」

「ルークさん‼」

がしゃりと音を立て、ルークさんが剣を地面に落とした。

「駄目ですやめてくださ、っ‼」

ナイフの柄が喉に食い込み、声を出せなくなってしまう。

「小娘も黙ってろ。……よしよし、剣は捨てて、そのまま動かずにじっとしていろ」

誘拐犯はにたりと笑うと呪文を唱え、

「がっ⁉」

氷の槍が何本も、ルークさんの体へと突き刺さった。

「ははは！　串刺しになっていいざ――――ぎゃあっ⁉」

誘拐犯が濁った悲鳴をあげ倒れる。

私への注意が逸れナイフが喉元から離れた瞬間。

フォルカ様の放った炎が、正確にナイフを持つ腕を燃やしていた。誘拐犯は驚き恐怖し、そのまま気を失ってしまったようだ。

「ルークさん‼」

その隙に逃げ出し、倒れたルークさんへと駆け寄った。

胴に二本、右腕と左足に一本ずつ。

氷の槍が貫通し、どくどくと血が流れ出している。

「死なないでっ！」

涙をこらえ治癒魔術を唱えた。

魔術の使いすぎで吐き気がするが無視する。光と共に傷跡が小さくなっていき、閉ざされた瞼が震え緩やかに持ち上がった。

「……じょ……」

「ルークさん⁉」

「……聖女、だ……」

「何を言ってるんですか⁉ 私ですリナリアです‼」

もしや頭部も負傷し意識が混濁している？

慌てていると、ルークさんの指が頬へと触れてきた。

「血が飛んでいる。汚してしまったようだな」

「…………」

こんな時まで私の心配をするルークさん。

悲しいやら切ないやら腹が立つやら、感情がお腹からせりあがってきた。

「ルークさんの馬鹿っ！ 馬鹿馬鹿大馬鹿っ‼」

「その通りだな」

「私のせいで死にかけたんですよ⁉」

「俺はやるべきことをやっただけだが……」

ぽんぽんと私の頭を撫でながら、ルークさんが苦笑している。

「できるだけ、死なないよう努力はしよう。俺が無茶をすると、君が狐に乗って追いかけてきそうだからな」

「…………」

ずびび、と。

鼻をすすり私は涙を拭った。

涙腺が決壊し、涙とその他色々が流れ出している。
ルークさんが生きていて良かったと、ぐちゃぐちゃの顔で呟くことしかできなかった。
《リナリア》
もしルークさんに死なれてしまっていたら、
《リナリア》
そう考えると震えが止まらなくて――
《リナリア、おいリナリア。聞こえているか？》
「……フォルカ様？」
《来るぞ》
「……何が？」
そう問いかけた瞬間、
「っ⁉」
まばゆい光が空間に満ちあふれた。
薄目を開け見ると、発生源はフィルのようだ。
『えへへっ』
声が聞こえる。
高くかわいらしい、子供の笑うような声だ。

『やっとこうしてお話できるね』

「あなたは……？」

フィルの隣に小さな女の子がいた。浮いていた。足が地面から浮き上がっている。

長い銀色の髪を靡かせ、大きな青い瞳を煌かせて。にっこりと私へと笑いかけている。

『わたしはフィルシアーナ。人間には光の女神様って呼ばれてるよ』

「……え？」

ぽかんとしてしまう。

……女神様って、あの女神様？

どう見ても外見は、四、五歳にしか見えない幼女だよね？

『もう、信じてくれないの？　わたし女神様なんだよ？　とってもありがたいんだよ？』

「はぁ……」

理解が追いつかないでいると、隣でフォルカ様が鼻を鳴らした。

《こやつの言葉に嘘は無い。こう見えて正真正銘、人間どもが崇《あが》め奉る女神フィルシアーナだ》

『ちょっと！　こう見えてって何よ！　何百年たってもフォルカは失礼ね！』

「……フォルカ様のお知り合いですか？」

『そうだよ！』

幼女……ではなく女神フィルシアーナ様が頷いている。

『フォルカは火の神で、わたしは光の神だもの』

「えぇぇ……？」

畳みかけるような衝撃の事実の連続に、頭がショートしてしまいそうだ。

「フォルカ様、神様だったんですか？」

《隣の大陸のな》

「…………神様が別の大陸に来ていいんですか？」

《我の護する地は安定している。十年やそこら離れたところで問題は無い》

「…………そうですか」

もはや頷くことしかできなかった。

フォルカ様が大丈夫と言っているなら大丈夫だよね、うん。そういうことにしておこう。

とりあえずその件は後回しにし、私はフィルシアーナ様へと向き直った。

「フィルシアーナ様はどうして、今姿を現してくれたんですか？」

『リナリアがいっぱい、ここで浄化の魔術を使ってくれたからだよ。光の魔力があふれる今ここでなら、私は眷属の聖鳥を介して、こうしてお話することができるの』

「そんなことができるんですね」

さすがは神様、ということなのかもしれない。

よくわからないけれど、こうして話せるのは貴重な機会のようだ。

『わたし頑張ったよ！　リナリアとお話したかったし、伝えたいことがあるの！』

「どのようなことでしょうか？」

もしかして神託授かっちゃう的な？

がぜん緊張してきた。

『んーそうね、いくつか伝えたいことがあるけど……。まずは王都へ行ってもらいたいかな』

「王都にいる誰かに、フィルシアーナ様が降臨されたと伝えるんですか？」

『違うよ。もう少ししたら、モンスターが王都を襲っちゃうから助けて欲しいの』

「え……？」

一難去ってまた一難。

思わず固まってしまった。

『さっきリナリアはモンスターを浄化してくれたけど、あれで全部じゃないよ。この村を襲ったのと別のモンスターの集団が、王都に向かっているの』

「る、ルークさん！　クロルに乗せて運んでもらえますか⁉」

緊急事態にルークさんへと協力を求めたが、

「……断る」

予想に反し、ルークさんに拒絶されてしまった。

「なんでですか⁉　早く行かないと、王都に被害が出てしまいます‼」

「君の身はどうなる？」

「へ？　――――きゃっ⁉」

体が押された。

それほど強い力ではないはずなのに、踏ん張りがきかずバランスが崩れる。倒れかかった私を、ルークさんが素早く支えてくれていた。

「君は今、魔術の使いすぎで消耗している。立っているだけでギリギリだとわかるだろう？」

「あ……」

そうだった。

自覚した途端、体が泥のように重く感じる。異常事態の連続に興奮し気付けなかったが、既に限界一歩手前のようだ。

「で、でもっ、モンスターを放っておいたら王都がっ……！」

「駄目だ」

「っ‼」

ぎゅうと体を抱きしめられる。

私を王都へ行かせないために、守るために。ルークさんが私を拘束していた。

「リナリアは十分働いた。王都のモンスターは俺が対処するから、ここで休んでいるといい」

「離してくださいっ！　それじゃルークさんが死んじゃいます‼」

手足をばたつかせるが無駄だった。

体格差に加え疲労困憊《こんぱい》の状態では、ルークさんの腕から抜け出せそうにない。

抵抗する私を縛るために、ルークさんが剣帯を引き抜き縄として使おうとして――

「変態。リナリアに何をするつもりだ」

「なっ⁉」

人の姿を取ったフォルカ様が、ルークさんの腕を掴み制止していた。

「なんだおまえはっ⁉」

「こやつの保護者のようなものだ」

「リナリアの保護者だと⁉」

「そ、そうですフォルカ様です‼」

険悪になりかけたふたりを必死で仲裁する。

「この方は狐のフォルカ様が変化した姿です！　詳しくは後で説明しますね‼」

ルークさんに叫ぶと、私はフォルカ様へと向き直った。

金色の瞳を見つめ、深く頭を下げお願いをする。

「フォルカ様お願いです‼　王都に迫るモンスターを退治するため力を貸してください‼　対価や捧げものが必要なら、私に差し出せるもの何だって持って行っていいです‼」

「……ほぅ」

口角が持ち上がり、フォルカ様の唇が三日月を描いた。

「何を差し出しても良い、と？　おまえにとって他人の集まりでしかない王都の民を救うために、神たる我に助力を求めるというのか？」

「王都にはたくさんの人が住んでいます‼」

ここで見捨てて知らないフリができるほど、私は強い人間じゃなかった。

必死に祈っていると、フォルカ様がふぅと息を吐き出す。

「……その身を捧げる、か。悪くないな。ならば対価として――――」

『ちょっと待ちなさいよ‼』

甲高い叫び声。

フォルカ様とのやりとりに、同じく神であるフィルシアーナ様が割り込んできた。

『リナリアに、私の聖女に何言ってるのよ⁉』

「早い者勝ちだ。こやつに先に目をつけたのは我だからな」

『いやよ引っ込んでなさいよっ‼』

フィルシアーナ様は叫ぶと、びしりとルークを指し示した。

『そこの黒い竜騎士！　あなたがいればフォルカが出る幕は無いわ‼』

「……俺が？」

突如名指しされ、ルークさんが固まっていた。

『そうあなたよ！　あなたの中にはリナリアと同じ魔力があるわ！』

「はいっ⁉」

私は思わず叫んでしまっていた。

「どういうことですか⁉　もしかしてさっき、治癒魔術を使ったせいですか⁉」

『それもあるかもだけど……。時間が惜しいわ。説明は後でするから、リナリアは黒の竜騎士と一緒に王都へ行くといいわ。黒の竜騎士と触れ合った状態なら、まだ浄化魔術が使えるはずよ』

「……わかりました」

疑問は尽きないが、今はとにかく時間が無かった。フィルシアーナ様が嘘をついているようには見えないし、ぶっつけ本番でやってみるしかなさそうだ。

「……仕方ない。今回はおまえにリナリナを預けてやろう。一時的にだがな」

フォルカ様も鼻を鳴らしルークさんを見ている。不機嫌そうだが、フィルシアーナ様の発言をフォルカ様も認めてのことのようだ。

「ルークさん、お願いできますか⁉」

「あぁ、もちろんだ！」

ルークさんは頷くとエルをフォルカ様へと預け、私に命綱をつけてくれた。支えられながら、できる限り素早くクロルへと跨る。

「フィルシアーナ様行ってきますね！　後でまたお話することはできますか⁉」

『うん、できるよ。あと数日は、今の姿を保てると思うわ』

クロルに乗った私へと、フィルシアーナ様がひらひらと手を振っていた。

『いってらっしゃい、リナリア。頑張ってきてね』

☆☆☆☆☆

「聖女様っ！　まだでしょうか⁉」

神官の悲鳴のような叫びに、マリシャは顔を青ざめさせた。

「今やってるわよ！　静かにしていてっ‼」

集中し、マリシャは呪文を唱えていった。

しかし魔術は発動せず、魔力を消費しただけのようだ。

「どうしてよっ……！」

マリシャは逃げ出したかった。

つい先ほどまで、マリシャは与えられた豪華な部屋で、お気に入りのお菓子を食べていたのだ。

次はどのクッキーをつまもうかと思っていたところ、険しい顔をした神官がやってきて、有無を言わさず馬車へと押し込まれてしまった。

それだけでもマリシャの気分は最悪だったのに、更に悪いことに、浄化の魔術を使えと強要されたのだ。

王都近郊に突如、モンスターの大群の発生を確認。

城壁へと迫りくるモンスターから、王都を守れと命じられたのだ。

マリシャの前方には土煙をあげ、モンスターの大群が迫ってきていた。

「なんで私が、そんな危ないことしなくちゃいけないのよっ……！」

マリシャは涙目だった。

逃げ出そうとした試みは神官と、そしてウィルデン王太子の配下の兵士により全て防がれている。

聖女が敬われるのは、人にあだなすモンスターを強力な浄化魔術で消し去るからこそだ。

聖女としての義務を果たせと、城壁の前に連れてこられてしまった。

「マリシャ殿、集中だ。君はきっと本番に強い性質だ。こうして追い詰められた場でこそ、真の力が目覚めるに違いない」

「ウィルデンさまぁ……！」

マリシャはしゃくりあげた。

ウィルデンのかける言葉は優しいが、マリシャに退却を許そうとは決してしなかった。

「来ます！　あと少しで、モンスターの先陣がこちらへ到達します!!」

城壁の上から兵士の叫び声が響いた。

「っちっ、ここまでか」

初めて聞くウィルデンの舌打ち。

マリシャに一瞬凍えるような瞳を向けると、ウィルデンが遠ざかっていく。

「私は城壁の中へ戻る。王都内に被害が出ぬよう、なんとしても城壁で食い止めろ」

「ま、待ってっ……‼」

ウィルデンへと追いすがるマリシャ。

その頭上に大きな影が落ちた。

「何……？」

城壁の上へと、黒い竜が舞い降りていた。

マリシャがぽかんとしていると、

「なっ⁉」

城壁の上から、目もくらむような強烈な光が放たれた。

思わずマリシャが目をつむり、そしてしばらくして恐る恐る目を開くと、

「嘘……」

城壁に迫らんとしたモンスターがいなくなっている。

先ほどまでの光景が嘘であったかのように、モンスターが全て消え失せていた。

防衛にあたろうとしていた兵士たちも、狐につままれたように呆然としている。

「なんだ……」

「何が起こったんだ？」

「あの黒の竜騎士の乗せてきた子から光が迸って……」

「見た。俺も見たぞ」

「あれが聖女様？」

「聖女様だ‼」

誰かが叫ぶと、次々と歓声が響いた。

聖女様万歳、と。

兵士たちは口々に、城壁の上へと尊敬と感謝の声をあげていた。

「どうして……」

マリシャはぺたりと座り込んだ。

違う。間違っている。

聖女はマリシャだ。マリシャであるはずだ。

なのにどうして、今褒めたたえられているのは自分ではないのだろう？

マリシャはゆるゆると城壁の上を見上げた。

「……リナリア？」

聖女様、と。

兵士たちが叫び感謝しているのは。

マリシャではなくリナリアなのだった。

☆☆☆☆☆

クロルに乗り王都へと駆け付けた私は、城壁の上へと下り立ってもらった。

空中で魔術を放つのは難しい。

揺れることの無い城壁の上に降り、ルークさんと手をつないだ私。

フィルシアーナ様の助言を信じ、ルークさんに抱きかかえられるようにして密着した。

恥ずかしさなど感じる余裕は無くて、必死に神経を集中していく。すると微かに、ルークさんの体から魔力が流れ込んでくるのを感じた。

「……！」

一度自覚すると、ルークさんの中に確かな魔力の流れを感じた。

自分の中にある魔力と同じように、動かせるような感覚も存在している。

「リナリア、安心してくれ。君が浄化の魔術を唱え終わるまで、何があろうと邪魔させはしない」

耳に当たるルークさんの囁き。背中に感じる体温。

守られ支えられる安心感が集中を深める。ありったけの魔力をかき集め、私は浄化の魔術を練り上げていった。

『光よ、害あるを拭い不浄を清めたまえ！』

浄化の光が放たれ、モンスターのことごとくが消滅していって。

王都の無事を見届けた私は、今度こそ限界に達し意識を失ったのだった。

☆☆☆☆☆

「――――と、いうわけで昨日王都を襲撃したモンスターの大群は、フィルシアーナ様の助言のおかげでひとりの犠牲者も出さず、無事撃退することができました」

モンスターの王都襲撃の翌日。

私は与えられた自室で、女神フィルシアーナ様へと報告をしていた。

『うんうん、百点満点の結果だったんだね』

フィルシアーナ様はにこにことしている。

五歳前後の幼女にしか見えないが、れっきとした女神様だ。

その証拠に聖鳥であるフィルを介して、姿を現したり消したりできるらしい。

実際についい先ほどまで、フィルの周りにも姿が見えなかったのだ。あと一、二日の間、そしてフィルの周辺限定とはいえ、フィルシアーナ様とお話しできるようだった。

『リナリアは偉いね。さすが私が選んだ魂だよ！』

「……どういうことでしょうか？」

ごくりと生唾を呑み込む。

フィルシアーナ様なら、私が抱くいくつもの疑問に答えをくれるかもしれない。

『この国にはたまに、聖女って呼ばれる子がいるでしょう？』

「はい。ちょうど最近、私の従妹のマリシャが聖女として見いだされたみたいです」

『それは偽物だよ。だって聖女はリナリアだもん！』

びしり、と、小さな人差し指が鼻先へと突き付けられた。

『私と相性の良い魂を選んで祝福を与えて、そうして生まれるのが聖女なの。リナリアは聖女だって、私が保証してあげるよ』

「私が聖女……」

ピンとこなかったけれど、フィルシアーナ様に保証されてしまった。

「……もしかして、私に違う世界で生きた前世の記憶が残っているのも、フィルシアーナ様が関わっているのですか？」

『ごめんね。どうしてそうなったのか、それは私にもよくわからないの』

フィルシアーナ様がしゅんとしてしまった。

思わず罪悪感を覚えてしまう落ち込みっぷりだ。

『本当ならリナリアは、もっと前にこの世界で生まれるはずだったの。けどなぜか世界の外へ、魂が出てしまって……。その先にあったのがリナリアの覚えてる、前世の記憶の世界だと思うわ』

「魂は、世界を超えても大丈夫なものなんですか?」

世界の境界を超えるなんて、まるで神話かおとぎ話の出来事だ。

心配になり、私はフィルシアーナ様へと問いかけた。

『あまり良くないと思うわ。世界によっては、魔力が無いところもあるみたいだし……』

「……魔力が無い世界だと、何かまずいことがあるんですか?」

『リナリアの魂はね、魔力の器がとても大きくて、魔力を吸い込む力もとても強いの』

魔力の器、かぁ。

現時点で既に話がよくわからないけれど、とりあえず最後まで聞いてみよう。

『そんなリナリアの魂が、魔力の無い世界で肉体を得てしまうと、魔力の代わりに色々なものを、人の言う悪縁といった良くないものを吸い込んでしまうかもしれないわ』

「良くないもの……」

思いあたることがあった。

「前世の私が、かなり運が悪い方だったのはもしかして……」

『魂の性質がその世界に合っていなかったせいだと思うわ』

「相性が悪かったってことですね……」

死んだ後にわかる、前世まさかの不運の理由だった。

「けど、それじゃあ……。前世の私の両親が事故で亡くなったのも、私の魂が原因だったんですか？」

だとしたらあんまりだ。

前世の私は、疫病神そのものでしかなかった。

『それは違うと思うわ。言ったでしょ？　リナリアの魂は良くないものを吸い込むって。リナリアの近くの人は良くないものをリナリアに吸い込んでもらって、むしろ運が良くなるはずよ。あなたの両親は運が良かったけど、運が良いだけでは避けられない死や事故も、世界には数えきれないほど存在しているもの』

「運が良いと幸せになりやすいけど、必ず幸せになれるとは限らない……みたいな？」

『そうそうそんな感じ！　わかりやすいね‼』

フィルシアーナ様の言葉に、私はほっと息をついた。

前世の両親のことは今更どうにもならないとはいえ、確かに気がかりだったのだ。

「ありがとうございます。おかげで前世からの疑問がひとつ解けました」

『お安い御用だよ！　リナリアが両親思いの優しい子で、きっと両親も喜んでたよ』

そうだったら嬉しいな。

こちらの両親は物心つく前に亡くなってしまっているので、今も両親と言われてまず思い浮かぶのは、記憶に残る前世の両親だったのだけど……。

「私の両親……こちらの世界での両親と、フィルシアーナ様は会ったことがあるのですか？」

『ないよ？　リナリアの魂に祝福を与えたのは私だけど、そんなに自由に、人間に関わることはできないもの。こうしてここでお話しできるのも、いくつも条件が重なったおかげよ』

「そうですか……。私、前世では里奈という名前だったんです。リナリアという名前と似てるでしょう？　だからもしかして、私のこちらでの両親に、フィルシアーナ様が私の前世での名前を伝えたのかなってふと思ったんです」

『前世の名前を伝えたのはリナリアだよ』

「え、私？」

思いがけない言葉に、私は瞳をまたたかせた。

『人間はね、お腹の中に赤ちゃんの元ができてしばらく大きくなったころに、相性の良い魂が宿るものなの。お腹の中から出るまでの間、赤ちゃんの魂とお母さんの魂がすごく近くにあるから、たまにお母さんの見る夢に、赤ちゃんの意識が混じることがあるのよ。とはいっても、まだ言葉も知らない赤ちゃんだから、普通はぼんやりとした感覚を共有するくらいなんだけど……。リナリアは前世を違う世界で生きてたせいか、前世の記憶が残ってるでしょう？　こちらでお腹の中にいる時、里奈であった頃の記憶がお母さんに流れ込んで、そのおかげで里奈と似たリナリアって名前を付けられてんじゃないかなぁ』

「こちらのお母さんが、私の記憶を知って……」

顔も覚えていないこちらでの私のお母さん。

前世の私のことも尊重し、だからこそリナリアと名付けてくれたのだろうか？

真実はわからないけど、そうであったらいいなと思った。

「んん……？　そういえば私、つい数か月前まで思い出せなかっただけで、前世の記憶自体は前から持っていたんでしょうか？」

『そのはずだよ。普通、この世界の内を巡る魂は前世の記憶がまっさらになって転生するけど、リナリアの前世は別の世界だもの。夢の中や、現実でも精神や肉体に強い衝撃を受けた拍子に、魂の奥から前世の記憶が蘇ってもおかしくないわ』

「強い衝撃……」

森の中をさ迷い疲れ果てたことで、前世の記憶が蘇ってきたらしい。ずっと虐げられていたとはいえ、あそこまで絶望したのは初めてだったもんね……。

《フィルシアーナの推測通りだろうな》

傍らで話を聞いていたフォルカ様が頷く。

《あの日リナリアは精神肉体ともに相当追い詰められていた。人間は命の危機に陥ると魂が震え、助けを求めるように魔力が外へと放たれることがある。我とコンがあの森にいたのも、おまえが無意識に放った強い魔力を感じ、何ごとかと興味を惹かれ足を伸ばしていたからだ》

「そういう事情があったんですね。おかげで助かりました……」

フォルカ様との出会いは、全てが偶然というわけでは無かったようだ。

人生ほんと、なにが吉と出るかわからないよなぁ。フォルカ様に感謝しないといと思っていると、フィルシアーナ様が頬っぺたを膨らましていた。

『もぅ、リナリア、こっち見て。今は私とお話してたところでしょ？』

《ふふん。リナリアは我のことを好いているからな》

『何よ何よ！　リナリアは私の聖女なんだもん！　気に入ったのは私の方がずっと先よ！』

《それがどうした？　今やリナリアは、我のことの方がずっと――》

「あ、あのっ！　聖女って何か、果たすべき役割はあるんですか？」

フォルカ様とフィルシアーナ様の言い争いを納めようと質問を投げかける。

どうやら私の魂には、フィルシアーナ様の祝福がかけられているらしい。

この大陸のモンスターを全て消し去れとか、何か義務があるのかもしれない。

『ん？　そのこと？　なら、リナリアが生きててくれれば十分だよ。それだけでこの大陸のモンスターもぐっと数が減るし、人間も助かると思うよ』

「えっと、それはどういう仕組みで……？」

『リナリアの魂は魔力をたくさん吸い込んで、綺麗にして吐き出してくれるの』

「空気清浄機……？」

ぼそりと呟く。

まさかの生きる空気清浄機扱いだった。

『ん～わかりやすく説明するとね、人間が瘴気って呼んでる汚い魔力が増えすぎると、生き物は皆死んじゃうの。だからそうならないようにモンスターは瘴気を浄化していて、綺麗になった魔力が、体の中に魔石となって固まっているの』

「モンスターって、瘴気から生まれると聞いてるんですが……」

『間違ってはいないかな？　たくさん瘴気があるところを綺麗な魔力にしようと、モンスターは生まれてくるの。そうしてこの世界の均衡は保たれてるんだけど……あんまりにもモンスターが増えすぎると、人間が困るみたいだから、私が力を貸してあげてるの』

「……つまり、それが私？」

『正解！　リナリアは生きてるだけで、たくさんの瘴気を綺麗にしてくれるの。それこそがリナリアに私が望む役割だから、あとは自由に生きるといいよ。光の女神である私が魂に祝福をかけた影響で、リナリアはたくさんの光の魔力を持っているから、生活するのは困らないと思うし』

私の高い魔力量も、フィルシアーナ様にとってはオマケのようなもののようだ。

そこらへんの感覚のズレはやっぱり、人間ではなく神様ということかもしれない。

「……ん、そういえば、ちょっと待ってください」

疑問はおおよそ解けたが、まだ気になることがあった。

「私の従妹のマリシャも、強い光の魔力を持っているようなんですが、そっちにはフィルシアーナ様は関与してないんですか？」

『私は知らない子だけど……たぶん、リナリアの影響だと思うわ』

「私の？」

目をぱちくりとさせる。

フォルカ様と会うまで、私は魔術はひとつも使えなかった。思い出しても、マリシャに何か特別なことをした記憶は無いはずだ。

『リナリアの魔力は、人間としては飛びぬけてるもの。ずっと近くにいると、その相手にも多少、一時的に魔力が増えたりとか、何か影響が出てもおかしくないわ。特にリナリアの魔力を直接取り込んだりしたら、影響が大きいと思うもの』

「直接魔力を取り込ませるなんて、そんなことをした覚えはありませんが……」

『そんなに特別なことじゃないわ。魔力は少しずつだけど、いつもリナリアの体から漏れ出しているもの。だからリナリア自ら作った料理を何年も、特に成長期の子供が食べているとかしたら、強い光の魔力が宿ってもおかしくないと思うわ』

「あ、それは……」

思いっきり心当たりがあった。

おじさんの家で私は多くの家事を押し付けられていた。ご飯の準備も、もっぱら私の役目だ。

「ひとつ年上のマリシャは数年間、私の作った料理を食べていました」

『きっとそれが原因よ。食事が原因なら、一年もリナリアの料理を食べなければ影響が抜けるはずだわ』

「……なるほど。もしかして昨日、ルークさんの中に私の魔力があると言っていたのも、ルークさんが何度も、私の料理を食べていたからですか？」

『たぶん、それが理由だと思うわ。ごく微量だけど、食事を通してリナリアの魔力が体内に取り込まれていて、そこにリナリアが治癒魔術をかけたおかげで、一時的にリナリアと同じ魔力の持ち主になっていたのよ」

「治癒魔術のおかげ……」

ルークさんが血まみれになった瞬間は恐ろしかったけれど。

治癒魔術のおかげでモンスターが倒せたなんてびっくりだった。

《リナリア》

フィルシアーナ様との会話に、再びフォルカ様が割り込んできた。

《そろそろ神官長に呼ばれている時間だぞ》

「あ、そっか。フォルカ様ありがとうございます！」

話し込んでいたせいで、結構な時間がすぎていたようだ。

「フィルシアーナ様、失礼しますね！」

手を振るフィルシアーナ様に見送られ、私はフォルカ様と部屋を出た。

今私は、王都の神殿に逗留《とうりゅう》している。

城壁の上から、大量のモンスターを浄化したあの日。王太子ウィルデン殿下が私を保護しようと言ってくれたけれど、丁重にお断りしている。

ウィルデン殿下はエル誘拐事件に関わっていたかもしれないし、裏表のある人に見えたからだ。

代わりに私はウィルデン殿下と距離を置いている勢力、神殿にお世話になることにした。

たくさんの人たちの前で、あんなにも強力な浄化の魔術を使ってしまった以上、モンスターを消してはい終わり、とはいかないのだった。

「失礼します」

「どうぞ」

入室し、白いひげをたくわえた神官長の向かいに腰を下ろした。

「リナリア様の今後について、お知らせしたいことがございます」

少しどきどきしながら、神官長の言葉の続きを待つ。

「神殿上層部と政治中枢部の話し合いの結果、リナリア様にはこのまま、メルクト村で暮らしていただけたらと思います」

「……ありがとうございます」

ほっとひと息つく。

あの日きわめて強い浄化の魔術を放った私を、聖女として担ぎ出したい人は多いらしい。

けれど私は、そんな人たちの思惑に翻弄されるのはごめんだし、聖女だと敬われても困ってしまうのが本音だ。

メルクト村に帰り子狐亭を切り盛りする生活が送りたい、と。

そんな私の希望を叶えるため、神官長たちは尽力してくれたようだ。

「聖女様が過度に政治と結びつくのは、わたくしどもの望むことではありませんからな。王族や貴族の方々も、マリシャの件で懲りたのだと思いますよ」

「マリシャの……」

つい先日まで、聖女だともてはやされていたマリシャ。

しかしモンスターを前にしても浄化の魔術を使えなかったことで、本当に聖女なのかと疑問視されてしまったらしい。

その後、念のためにと魔力を再測定した結果、魔力量が大きく減ってきているのが判明。今やマリシャを聖女として扱う人は少ないようだ。フィルシアーナ様の言っている通りなら、あと数か月もすれば、マリシャの魔力は人並みになるはずだった。

「マリシャは今後、どうなるのでしょうか？」

「確かなことはわかりませんが……。マリシャの魔力量の減少が止まらなければ、聖女としての地位を失い、周りから人が去っていくはずです。加えてマリシャの両親がここ数年間、リナリア様のご両親の遺産を使い込んでいることも判明しています。今後は使い込みの返却と罰金を支払うために、故郷へと戻り毎日働くしかありませんな」

故郷へと戻り毎日働く。

言うだけは簡単だが、使い込み分と罰金の支払いがあっては、生活もカツカツになるはず。

マリシャたち一家が上手くいかないのは目に見えているとはいえ、だからといって何年も私を虐げていた相手を、今更助けようとも思えないけれど……。

ユアンの存在が唯一気がかりだった。

「……マリシャの弟、ユアンは今どうしていますか?」

「引きこもっているようです」

「え?」

どういうことだろう?

「どうも、王都にやってきて環境の激変に耐えられず、家族とも溝ができてしまったようでな。両親も放置し歩み寄る気が無いせいで、ユアンはここのところは一日中、部屋に閉じこもりリナリア様に会いたいと言っているそうです」

「ユアンが……」

私は少し考え込んだ。

このままユアンがマリシャたち家族と暮らしても、幸せにはなれない気がした。

「……神官長様、ひとつお願いがあります――」

終章　「子狐亭の住人が増えました」

「ここが、僕の新しいうちになるの？」

子狐亭を見上げ、ユアンが口を開いた。

神官長様に話を通し、ユアン本人にも希望を聞いた結果、私と一緒に暮らすことになったのだ。

「きゅっ！」

「わわっ‼」

小さく飛び跳ねたユアンの足元で、コンがしてやったりといった顔をしている。

視線を上にやり無防備になったユアンのすねを、尻尾でくすぐったようだ。

「ちょ、はは、やめてよくすぐったいよ！」

「こきゅんっ！」

コンとユアンがじゃれ合い、庭で追いかけっこを始める。

再会したばかりの頃は暗い顔をしていたユアンも、だいぶ活発になってきた。元気なのはいいことだけれど、怪我をしないよう念のため注意しておこう。

「右奥の方はまだ地面がならされてないから行っちゃダメだよ！　ご飯の時間までには、中に戻って来てね！」

「うんっ！」

「こんっ！」

ひとりと一匹の返事を聞き、私は子狐亭の扉を開いた。

「二か月ぶりかぁ……」

《思ったより長く、家を空けることになったな》

するりとドアから入ってきたフォルカ様が、お気に入りの窓の下にさっそく陣取っている。

ユアンを引き取ることになり、いくつかの手続きをすることになって。

ようやく今日、二か月ぶりに、子狐亭に帰ってくることができたのだ。

「懐かしい……」

ここは私の家だ。

まだ一年も住んでいないけれど、それでも懐かしいと言える場所があることが、家があることが、
私にはとても嬉しかった。

「たまってるホコリの掃除をして、子狐亭の営業再開のお知らせをして……」

これからの段取りを考えていると、

「リナリア！」

上空から私の名前を呼ぶ声がした。

窓を覗くと黒い竜が舞い降りるところだ。

「え、ルークさん⁉」

彼は今、王都で竜騎士の仕事についているはずでは⁉

慌てて外へ向かうと、初めて間近で見る竜に、ユアンがきらきらと目を輝かせていた。

「すごい！　おっきいねかっこいいね！　お兄さん竜騎士なの⁉」

「あぁ、そうだ」

「お兄さん強いの⁉　僕一回、竜に乗ってみたくて――」

「こら、ユアン、落ち着いて。まず私がお話を聞くから、ちょっと待っていてね」

ユアンをなだめコンの元へ送り出すと、私はルークさんを見上げた。

「ルークさん、長期休暇中なんですか？」

「いや、仕事だ。またメルクト村に派遣されることになったんだ」

「……何かあったんですか？」

「あぁ」

ルークさんが声を潜めた。

コンと走り回るユアンには聞かせられない、物騒な話のようだ。

「リナリアが浄化した王都近郊の『氾濫』は、人為的に生み出された可能性があるだろう？」

「そう聞いています。それにまだ、誘拐事件の黒幕も見つかってないんですよね？」

エル誘拐の一件、最も怪しいのはウィルデン王太子だが、彼につながる証拠は発見されていないらしい。現行犯の背後で糸を引く人物を、辿ることはできていないようだ。

「……王都近郊の『氾濫』だけではなく、メルクト村を襲った『氾濫』にも、誰か人間の悪意が関わっているかもしれないからな。再調査の必要が出て、俺が派遣されたというわけだ」

「『氾濫』の黒幕……」

決して野放しにしてはいけない相手だ。

ルークさんとしてもヤークト師匠の死の真相を知るため、黒幕を探し出したいに違いない。

しばらく思いを巡らせていると、ルークさんの手が優しく頭を撫でた。

「俺にも色々と思うところはあるが、これからしばらくは、メルクト村で生活するつもりだ。子狐亭の料理にも、またお世話になろうと思う」

「来店、お待ちしていますね」

自然と笑みが浮かんでくる。

またここで、ルークさんにご飯を食べてもらうことができる。

胸の奥がじんわりと温かくなってきた。

《我は来店を歓迎していないぞ》

ふん、と。フォルカ様が鼻を鳴らしていた。

ルークさんに正体がバレて以来、フォルカ様は遠慮なく塩対応を取っている。

「もう、フォルカ様。そんなこと言わないでください。ルークさんは私の恩人で、大切なお客さんです」

《だから気に食わんのだ。ルークといいフィルシアーナといい、おまえを気に入る者は多いから油断ならん》

「フィルシアーナ様……」

その名とフォルカ様の言葉に、私はひとつ思い出したことがあった。

「王都に迫るモンスターを退治してくださいと、私はあの日フォルカ様に願いかけました。もし、フィルシアーナ様の助言が得られず、私がフォルカ様に願いを叶えてもらっていたら、どんな対価を求められていたのですか？」

あの時、フォルカ様が浮かべた笑みは美しくもどこか酷薄で、獲物を前にした狩人のようだった。

一体私に、どんな対価を望むつもりだったのだろうか？

《……さぁな。もし、おまえにどうしても叶えたい願いができたら、また我に願ってみるがいい。その時にこそ、我の望む対価を教えてやろう》

フォルカ様は尻尾をひと振りすると、そのまま木陰に寝そべってしまった。こちらの質問に答える気は無く、気ままに昼寝を楽しむようだ。

「フォルカ様、自由ですね。さすが神様です」

「……フォルカ様相手にも一切臆さないとは、リナリアはやはり大物だな」

ルークさんが真顔で言っていた。

「そんなことありませんよ。私よりずっと、エルなんかの方が根性があって大物だと思います」

まだ幼い身ながら、王族としての覚悟を持ち王都で暮らすことを決めたエル。

少し寂しく思っていると、ルークさんが口を開いた。

「……そのミヒャエル殿下のことなんだが、またここにお忍びで来たいと言っている」

「え？　王都からここまでですか？」

エルに会えるのは嬉しいが、いささか王都からは距離がある。そう簡単に、お忍びで訪れることはできないはずだ。

「近々、ミヒャエル殿下はまた離宮に戻られることになる。マリシャが偽聖女だと判明したからな」

「あ、そっか……」

言われてみれば納得だった。

マリシャとの婚約にうま味が無くなった以上、エルが王都に留まる理由はない。

……そして更に言うと。

王族を始めとしたこの国の上層部は、私が聖女であると知っている。

祭り上げられることを拒んだ私は、聖女であることを秘密にしてもらう代わりに、モンスターの『氾濫』が起こった際には力を貸すと約束していた。

平時においては、基本的に王族であれ私への政治的な接触は控えてもらっているが、それでも向こうからしたら、私となんらかの強いつながりを持ちたいはずだ。

その点、エルは以前からの私の友人で年も近く、窓口となるのにぴったりの人間だった。

色々様々な人々の思惑が動いた結果、エルはこの村近くの離宮へ戻ることになったらしい。

……政治の駆け引きは、私にはわからないことも多いけれど。

それでもまたエルを、子狐亭で迎えられるのは嬉しかった。

美味しいって、また料理を楽しんでもらえたらいいな。

「リナリア、どうしたんだ？」

黙り込む私を心配してか、ルークさんが声をかけてきた。

「次にエルが来てくれた時、美味しい料理を出したいなって思ったんです」

「あぁ、きっとミヒャル殿下も喜んでくれるはずだ」

ルークさんがわずかに、でも確かに微笑んでくれた。

「リナリアの料理、俺も楽しみにしているからな」

「……はいっ！」

ルークさんのまっすぐな誉め言葉に、私ははにかむように笑みを浮かべて。

緩む頬っぺたを隠すようにぽふり、と。

近寄ってきたコンを抱きしめたのだった。

書き下ろし特別番外編

村のお祭りに参加しようと思います

「コン～～～どこ行ったの～～～～？」

声を出しながら、私は庭を歩き回った。

村から少し離れた場所、森の中にある子狐亭は広い庭を備えている。

前の家主、ヤークト師匠は魔術師で、庭で魔術触媒となる植物を育てていたらしい。

今では手入れする人間もおらず雑草が茂り放題。あちこちに背の高い草が生え、見通しが悪くなっていた。

子狐亭を開いてから二十日ほど。ぼちぼち、お店の外観のためにも庭を整えなければと思いつつも、忙しく手を付けられずにいたところだ。

「コン～～～？　もうっ、まだ出てこないのね」

小さく頬を膨らませた。

コンはここのところかくれんぼにはまっていた。小さな体であちこち隠れるため、見つけるのはなかなかに難易度が高くなる。

「今日はずいぶん粘るけど、こんな時は……」

いったん建物の中へと戻り、子狐亭の厨房へと向かった。

明日のデザート用に作ったパウンドケーキ。小さくカットすると皿に載せ右手に持って、ふんわりと甘い香りと共に庭へ舞い戻った。

「コン～～～。出てこないとパウンドケーキ、私が食べちゃうよ～～～？」

パウンドケーキを掲げ、庭に向かって語りかけることしばらく。

「こきゅんっ！」

ぼしゅっ！

茂みからコンが発射されてきた。隠れ場所から飛び出してきたようだ。

「こんこんきゅっ！」

早くちょーだいちょーだい、と。

コンが足元を駆け回った。かくれんぼより食い気。パウンドケーキの魅力には抗えなかったようだ。

「いい子いい子。バナナ大好きだもんね」

しゃがみ込み、コンの頭についた草切れを取ってやった。その間もコンの視線は右手のパウンドケーキに釘付けになっている。

パウンドケーキに使われているバナナは、私の召喚術で作り出したものだ。

この世界、いや、少なくともこの辺りには、バナナは存在していなかった。当然、コンにとっても食べ慣れないはずが、ひと口食べまろやかな甘みの虜になったようだ。

小さな牙でパウンドケーキに噛みつき、尻尾をふりふりするコンにほっこりしていると、

「そのお菓子、僕の分もあるのか？」

「わわっ⁉」

茂みからひょっこりと、金色の頭が飛び出してきた。

「びっくりした……。エルも隠れてたのね」

「そうだぞ驚いただろう？　見事な隠れっぷりだっただろう？」

がさがさと茂みをかき分け現れたエルが胸を張った。

その様子に、パウンドケーキに夢中になっていたコンがはっとした表情を浮かべる。

「きゅわっく、きゅぅぅぅぅ～～～」

前足でたしたしと、悔しそうに地面を叩くコン。

一方のエルは、鼻高々とふんぞり返っているようだ。

「よし勝った！　俺の方がより長く、リナリアから隠れられていたぞ！」

どうやらかくれんぼで勝負をしていたようだ。

微笑ましいけれど、しっかり本格的に隠れていたせいか、エルの体にはあちこち草と泥がついていた。

タオルか何か、汚れを拭う布を取りに行こうとしたところで、

「こちらをどうぞ」

すっと、剣を携えた男性がどこからか現れ、こちらにハンカチを差し出してきた。

「あ、ありがとうございます」

突然の登場に驚きつつ、男性からハンカチを受け取る。

彼はエルの護衛……のような人らしい。エルがメルクト村へお忍びに来る際、傍で静かに控えているのを見かける。今この場でも、かくれんぼを楽しむエルを邪魔しないためにか、声も無く庭に控えていたようで、見事な気配の殺しぶりだった。

「エル、少しじっとしててね」

背伸びして、エルの頭のてっぺんにくっつく草を取る。

二歳年上のエルは、私より十数センチほど背が高い。私が年齢の割に小さいのもあるけれど、エルも同年代の平均よりは大きい気がする。

「やっぱり普段から、肉や良い料理を食べてるおかげかな……」

「何か言ったか？」

私の呟きを、エルが耳聡く拾っていた。誤魔化すように、私は何でもないと言い笑った。

見るからに育ちが良く、護衛を引き連れているエル。

こぼす会話の端々からも、なんとなく彼の身分は察しているが、私はそれを口にしていない。あまり突っ込んで聞くようなことではないし、何よりエル本人が、ここではただのエルとして振る舞うのを望んでいた。

明るく自由気ままに見えるエルだが、色々と考え抱えるものはあるらしい。大人びた部分があるエルだからこそ、私とも気が合いやすいのかもしれない。

そんなことを考えつつ、追加でパウンドケーキを持ってきてエルと頬張る。初夏の空は良く晴れていて、頬を撫でる風が気持ち良かった。しっとりふんわりしたケーキ部分と、小さく切られたバナナの食感。優しい甘さが広がり、小腹を満たしていった。

「美味しいな。この果物、僕も初めて食べるぞ。どこから仕入れたんだ」

「フォルカが森の奥から取ってきてくれたんです」

この辺りに自生しない野菜や果物については、全てフォルカ様のおかげということにしてある。無理がある気がしないでもないけれど、今のところ大きな問題は起きていない。召喚術で作りました、よりはよほど自然で無理が無いと、私はルークさんとの交流を経て悟っていた。

「ふーん、森の恵みか。これ、畑で栽培はできないのか？」

「う～～ん、難しいと思います」

バナナ、南国の植物だもんね。それに種はどこなのか、あるいは苗木で増えるタイプなのか、私にはさっぱり知識が無かった。あまり突っ込まれて聞かれるとボロが出るかもなので、話題を転換することにする。

「この辺りだと、カボチャやブドウ、それにハーブだとカモミールなんかが育てやすい……と、メルクト村の人たちが言っていました。私もそのうち、庭でそれらを作ろうと思います」

「ここでか？　ここに畑を作るのか？」

エルの瞳がきらりと煌いた。

「よし、やろう！　ならば今ここで、草を刈り畑を作ろう！　僕が手伝ってやる！」

「え、エル？」

がぜんやる気を出すエルに困惑してしまう。すると護衛の男性が、小さく苦笑し助け舟を出してきた。

「すみません。エル様は平民の暮らしに興味津々で、隙あらば体験したいと思っているのです」

「なるほど……」

草刈りに畑の整地。転生してから九年間、ずっと平民として村暮らしの私にはごくありふれた面倒な仕事だけれど、エルにとっては新鮮らしい。

うん、あれだ。田舎暮らしを夢見る都会住まい、みたいな感じ？

せっかくエルが手伝ってくれるのだから、この機会に庭の整備に手をつけることにしてみよう。

☆☆☆☆☆

「ゔぅ、腰が痛いぞ……」

お手伝い宣言から三十分ほど後。

エルは腰を押さえすっかりと伸びてしまっていた。

畑の整備のため、まずは雑草を抜いていたところだ。中腰での作業は腰に負担が大きかったらしい。

「リナリア、おまえはなんで平気そうな顔をしているんだ？」

「慣れです。農村出身の平民なら、これくらいの労働は日常ですから」

苦笑し答えた。

今の私は幼女だけれど、鍛えられた幼女だった。この世界、電気やガスといった便利なものはないため、家事や雑事は基本全て手作業で行っている。私も幼女ながら叔父さんたちにこき使われていたため、筋力と根性には少し自信があった。

「平民、強いな……」

エルがぽつりと呟く。腰痛と筋肉痛に襲われているため、丸太の長椅子に寝そべったままだ。

「こんなに辛いことを、平民はよく毎日繰り返せるな」

「やらなきゃ生活できませんし、それに――」

「ぐあうっ！」

上空から響く鳴き声。

ついで庭へと、ひとつの大きな影が落ちた。

光を弾き漆黒に輝く鱗。風を巻き起こしながら、クロルが着陸していた。

「ルークさん、いらっしゃい！」

ひと休みしていた丸太の長椅子から立ち上がる。

するといつの間にか、フォルカ様が庭にやってきていた。最近、ルークさんが子狐亭を訪れる時はなぜか、フォルカ様もやってくることが多かった。

「リナリア、邪魔をする。……ミヒャエル殿下はそこでうずくまり何を？」

「……気にするな。戦いの勲章のようなものだ」

「戦いだと？　まさかこの辺りに、モンスターでも現れ戦闘を行ったのか？」

エルの軽口に、真面目に反応するルークさん。

誤解が大きくならないうちに、私は今日あったことを話していった。

「……なるほど。草刈りをするつもりだったのか」

伸び放題ぼうぼうの雑草を、ルークさんが眺め回した。

「ならばちょうどいい。俺とクロルも手伝ってやろう」

「クロルが？」

どうやってやるのだろう？

竜であるクロルだが、口から炎のブレスなどは吐けない種類のはずだ。

じっと見ていると、クロルが上体を前に倒し地面と水平にしていった。

もしや尻尾を振り回し、地面ごと雑草をえぐり取るつもりだろうか？

「あ、違った。前足で草を掴んで……？」

むしり、と。器用に前足で草を掴んでは、根っこごと抜き去っていっている。

大きな体をかがめ、ちまちまと草を抜くクロルが面白かった。

「一本一本丁寧に……」

「意外かもしれないが、クロルたち竜にとってはおかしくないことだ。竜というのは元来、草木も生えない高地の生き物らしい。体を横たえる場所に草が生えていると落ち着かないから、除草に勤しむ習性がある」

「へぇ～～～」

綺麗好きでマメな性格、といったところだろうか？

ユーモラスな姿だが、さすがは竜といったところ。人間の数倍はあるだろう筋力で、ぶちぶちと器用に草を抜いていっている。

クロルに負けじと、私たち人間とコンが草むしりに励むのを、フォルカ様が欠伸《あくび》をしつつ見守っていたのだった。

☆☆☆☆☆

その後二時間ほどの草抜きの結果。

主戦力クロルの奮闘のおかげもあり、庭の四分の一ほどが綺麗になっていて、
エルは完全にグロッキーになっていた。私やルークさんに対抗心を燃やし筋肉痛の体で草むしりに参加した結果、指一本動かしたくないほどの疲労と痛みに襲われているようだ。

「ぐぇぇ……」

「エル、お疲れ様。……動けそう？」

「平民……すごい……ありえない……こんなことを毎日、一体どうやれば……」

ぶつぶつと呟くエル。疲労と痛みで口が回らないようだ。

「本当に、慣れだけで……こんな辛い作業を続けられるのか……？」

筋肉痛に震えるエルに、家の中からハチミツレモン水を持ってきてやる。

気分は今だけ、フルマラソンを走り終えた選手を労わるマネージャーだった。

「あぁ、生き返る……」

「わかります。辛い労働があるからこそ、食事や娯楽が輝くんです。この村でももうすぐ、お祭りが開催されますからね」

私の育った村とは少し違うけれど、このメルクト村でも年に数度、村人たちが楽しみにしているお祭りがあった。

日々の労働の報酬とも言える、村全体で騒ぐ一日……らしい。「エルはこの村のお祭り、参加し

たことはありますか？　私も料理を出すから、良かったら食べにきませんか？」

「……リナリアが料理を？　何を作るんだ？」

「当日のお楽しみです」

ふふふ、と得意げに答える。

お祭りと言ったらこれだよね、と。

前世日本人の私が思い出した料理を、フォルカ様の力も借り再現したのだ。

それ即ち――

☆☆☆☆☆

「焼きそばできあがりましたっ！」

じゅうぅっ、と。

鉄板から香ばしい匂いが立ち上った。

こってりツヤツヤの茶色のソースが、食欲を誘うよう輝いている。

祭りの日の夕方、村中央にある広場の一角。

村の酒屋や、料理自慢の村人たちが屋台を出していた。私もお弁当屋で使用している机を持ち込み、今日だけ焼きそば屋さんへとジョブチェンジしている。

「お祭りと言ったら、やっぱりこの香りだよね……！」

大きく息を吸い込み、ほぅと満足のため息を漏らした。

日本の縁日、じゅうじゅうと焼かれる焼きそば。懐かしい料理を、私はこの世界で再現することに成功していた。あいにく、転生してからはまともにお祭りを楽しんだ記憶が無かったので、私にとってのお祭りの象徴は焼きそばのままだ。

「お、いい匂いだな。ひとつ俺にももらえるか？」

「はい！　少しお待ちください」

子狐亭の常連のひとり、ギグさんへと焼きそばを作っていく。

麺を軽く焼いた後は、甘いキャベツ、薄く切られた豚もも肉を加熱していく。しゃきしゃき感を残したいモヤシは軽く炒めるだけ。具材をバランス良くよそい、最後に青のりと紅ショウガをかけたら完成だ。器が木製で、箸の代わりにフォークが添えられている以外、見た目は縁日の焼きそばそのものだった。

「うめぇ！　これは止まらないな！」

はふはふと息を吹きかけながら、ギグさんが焼きそばをたいらげていった。

味付けはウスターソースを中心にこってりと。口の中がソースいっぱいでくどくなりそうなところを、紅ショウガと青のりがアクセントになっていた。

濃い味はお酒にも合うようで、大人を中心に売れ行きは上々のようだ。

「いいね～、これ、子狐亭のメニューに加えてくれないか？」

「すみません、材料が安定して手に入らないんで難しいです」

紅ショウガに青のり、そしてウスターソースも召喚術で作り出したものだ。ただの野菜とは違って、調味料や加工食品を召喚術で作るのは大変だった。ある程度召喚術に慣れてきた今でも、一日の自然回復分の魔力を召喚術にあて、ようやく数人分の材料を確保できるかというところ。とても常設メニューとしては採用できないのだった。

「でも、今日は特別。せっかくのお祭りだもんね」

《おぬしの言う、「めりはり」が大切、という奴だな》

私の呟きに、足元でフォルカ様が応えた。

焼きそばは火加減が大切。鍛冶屋に頼み作ってもらった鉄板の下には、石組の簡易竈《かまど》が作ってある。が、竈の火は弱く、いわば見せかけ。実はメイン火力はフォルカ様の担当だ。フォルカ様の出す火のおかげで、焼きそばは成り立っていた。

フォルカ様はやきそばも気に入ってくれたようで、お祭り前にたくさんの焼きそばを捧げることで、火力担当を受け入れてくれたのだ。

「……これで売り切れかな」

お忍びでやってきたエルに焼きそばを出し少したった頃、持ち込んだ具材の終わりが見えてきた。予想以上に好評だったため、お祭りの半ばで品切れのようだ。

《うむ、ご苦労だったな。我は村の外れで待っているから、何かあったら大声で呼ぶといい》

村人たちの前では、フォルカ様には狐のフリをしてもらっていた。祭りにテンション最高潮の子供たちに構われたくないため、先に帰ることにしたようだ。コンもはしゃぎ疲れたのか、フォルカ様の背中でぐんにゃりとしている。

「わかりました。まだ他の屋台では料理が売っているので、いくつか買って持ち帰りますね」

《うむ。おまえはここで飲み食いし、存分に祭りを楽しんでこい》

フォルカ様を見送り、最後の焼きそばを売ると、手早く後片付けを行っていく。焼きそば屋を離れようとしたところで、ゼーラお婆さんがやってきた。

「リナリアちゃん、今いいかい？」

「どうしたんですか？」

「手が空いてたら、ちょっくらあっちにいるルークのところへ行ってくんないかい？」

ゼーラお婆さんが指し示したのは、祭りの輪から外れた一角。お祭り会場の広場から、遠ざかる方向だった。

歩いていくと木の陰に隠れるようにして、ひっそりとルークさんが立っている。

「ルークさん、こんなところでどうしたんですか？」

「リナリア……？」

ルークさんはどこか浮かない雰囲気を纏《まと》っていた。

今日はお祭りなのに、一体どうしたのだろうか？

首を捻っていると、

「おぅルーク、まさかリナリアちゃんを選ぶのか」

千鳥足でギグさんが近づいてくる。すっかりお酒でできあがっているようだ。

ギグさんの声に釣られるように、祭りの輪に集う村人のいくらかがこちらを見る。そのうちの更に数人、十代から二十代の女性たちが、何やらざわめいているのを感じた。

「そんな、まさかあの子がルークの……」

「うぅ、残念だけど、ある意味安心したような」

「一番平和かもね……」

風にのり、とぎれとぎれに女性たちの声が聞こえた。

「ルークさん、彼女たちは何を……？」

「……俺の踊りの相手が気になっているんだ」

どこか観念したように、ルークさんがため息をついた。

「今日の祭り、広場にある大きな篝火《かがりび》の周りで、男女が組になって踊るのは知っているか？」

「聞きました。大切な相手と、太陽の恵みに感謝しながら踊るんですよね？」

今日はこの世界の夏至、一番昼間が長い日だ。

一年で一番短い夜を、盛大に篝火をたくことで太陽の代わりに照らし丸一日村を光で満たす……

というような由緒由来があるらしい。

太陽の代わりになる篝火の周りで踊ることでご利益がある、という建前で、村人たちはダンスを楽しむのだった。

「そうだ。そして年頃の男女の組み合わせの場合、大切な相手というのは婚約者や恋人、ないしは恋人候補と見られてしまうんだ」

確かにそれは困りそうだ。

ルークさんに恋人はいないらしいし、付き合いたい相手がいると聞いたことも無かった。

「ルークさん、モテますもんね」

「……自分で言うのもなんだが、俺は竜騎士だからな。結婚相手としては魅力的に映るようだ」

うん、高給取りだもんね。

けれどたぶん、モテの大きな理由は顔と性格に違いない。ルークさんの顔はとても整っているし、性格だって一見近寄りづらいようで、真面目で優しい人柄をしている。

「ルークさんの踊りの相手になろうと、何人もの人が狙っているんですね」

「あぁ。踊りの誘いを断るのも申し訳ないから、今日は祭り会場になった広場には近づかず、ミヒャエル殿下やリナリアを遠くから、見守るだけにしようと思ったんだが」

「ゼーラお婆さんに見つかったんですね」

祭りの輪を遠巻きにするしかないルークさんは寂しそうな様子だった。ゼーラお婆さんは心配して、だからこそこうして、私を送り出したんじゃないだろうか。

「……ルークさん、私と踊ってもらえませんか？」

「君と、か？」

ルークさんが戸惑っている。

「いいのか？　今日の踊りは、大切な相手と踊るものだ」

「私にとって、ルークさんは大切な恩人です」

いつも私を助け、気にかけてくれるルークさん。

頭を撫でてくれた大きな掌。こちらに向けられる抑揚のない、けれど誠実であたたかな声色。

ルークさんがいてくれたからこそ、私は対人恐怖症を克服し今こうして、メルクト村へ馴染めているのだった。

「それに、踊りの相手が私なら、恋人や婚約者だって見なされることも無くて、平和に終わると思うんです」

ルークさんを狙う女性たち、誰も勝者にならないが敗者にもならない。

そういう形になるはずだった。

「ルークさんが良ければ私と踊って、そしてその後、屋台を食べ歩きしませんか？」

右手をルークさんへと差し出す。

私は大切な相手じゃない、と。そう断られたら悲しいな、なんて少し緊張していると。

「……君と踊り、一緒に祭りを回る。魅力的な提案だな」

そっと右手が握られ、夕空に黒曜石の瞳が煌く。

私はルークさんと手をつなぐと、広場へと向かっていったのだった。

あとがき

ベリーズファンタジーでは初めまして。

作者の桜井悠です。

「追放されたので、今更家には戻りません！～捨てられ幼女は聖女のチートでもふもふとご飯を作って暮らします」をお読みいただきありがとうございます！

本作にはもふもふなキャラクターを筆頭に、私の好きなものを詰め込みました。

狐、いいですよね。かわいいですよね。もっふりとした尻尾にふかふかのボディ、すらりと伸びる手足がとても美しいです。

なかなか生で見たり触れ合うことは難しい動物なので、小説の中では思う存分もふもふしています。せっかくのファンタジーなので、フォルカ様は超ビッグサイズの狐に設定しました。もふもふベッドはロマンですね。ぜひ現実でもいつかやってみたいです。

登場する料理についても、実際に作ったことのあるもの、私の好物からチョイスしています。

作中でも書いていますが、お米の可能性は無限大ですね。普段、西洋風のファンタジーを描いていることが多くなかなかお米を登場させられないので、ここぞとばかりにリナリアにおむすびを作ってもらいました。小さい掌で、一生懸命おむすびを握っているのだと思います。

私の趣味をぎゅぎゅっと詰め込んだ作品を、わたあめ先生の素敵イラストが彩ってくれ感謝の限りです。表紙のリナリア、すごくかわいいですよね。フォルカ様の毛並みも素晴らしく撫でたくなるいいもふもふっぷりです。リナリアたちの背後で見守るルークも穏やかながら凛としていてイメージぴったりです。ありがとうございますわたあめ先生。白黒の挿絵では、フォルカ様人間バージョンも描いてもらっているので、ぜひお楽しみくださいませ。


それでは、最後に。

本作はわたあめ先生や編集様をはじめ、多くの方々の協力に恵まれました。

このような機会をいただけ、本当にありがたいことです。

おかげでこうして無事、書籍という形で皆様の元にお届けできました。

本編と番外編、そしてイラストも合わせて、お気に入りの一冊になったら嬉しいです！

これからも、もふもふを愛でつつ執筆活動を続けていきたいと思いますので、またどこかでお会いできる日を楽しみにお待ちしています。

桜井《さくらい》悠《ゆう》

追放されたので、今さら家には戻りません！
～捨てられ幼女は聖女のチートで
もふもふとご飯を作って暮らします～

2021年5月5日　初版第1刷発行

著　者　桜井悠

発行人　菊地修一

発行所　スターツ出版株式会社

〒104-0031　東京都中央区京橋1-3-1　八重洲口大栄ビル７Ｆ
☎出版マーケティンググループ　03-6202-0386
（ご注文等に関するお問い合わせ）

https://starts-pub.jp/

印刷所　大日本印刷株式会社

ISBN　978-4-8137-9083-9　C0093　Printed in Japan

[桜井悠先生へのファンレター宛先]
〒104-0031　東京都中央区京橋1-3-1　八重洲口大栄ビル７Ｆ
スターツ出版（株）　書籍編集部気付　桜井悠先生

ベリーズ文庫

ベリーズ文庫の異世界ファンタジー人気作

Berry's fantasy ベリーズファンタジー にて

コ×ミ×カ×ラ×イ×ズ×好×評×連×載×中×！

しあわせ食堂の異世界ご飯 ①〜⑥

ぷにちゃん

イラスト　雲屋ゆきお

定価 682 円
(本体 620 円+税 10%)

平凡な日本食でお料理革命!?
皇帝の胃袋がっしり掴みます！

料理が得意な平凡女子が、突然王女・アリアに転生!?　ひょんなことからお料理スキルを生かし、崖っぷちの『しあわせ食堂』のシェフとして働くことに。「何これ、うますぎる！」――アリアが作る日本食は人々の胃袋をがっしり掴み、食堂は瞬く間に行列のできる人気店へ。そこにお忍びで冷酷な皇帝がやってきて、求愛宣言されてしまい…!?

ISBN：978-4-8137-0528-4　※価格、ISBN は 1 巻のものです

単行本レーベルBF創刊！

ベリーズファンタジー

雨宮れん・著

定価1320円

（本体1200円＋税10%）

悪役令嬢は二度目の人生で返り咲く

破滅エンドを回避して、恋も帝位もいただきます

処刑されたどん底皇妃の華麗なる復讐劇

あらぬ罪で処刑された皇太子妃・レオンティーナ。しかし、死を実感した次の瞬間…8歳の誕生日の朝に戻っていて!?　「未来を知っている私なら、誰よりもこの国を上手に治めることができる!」――国を守るため、雑魚を蹴散らし自ら帝位争いに乗り出すことを決めたレオンティーナ。最悪な運命を覆す、逆転人生が今始まる…！

ISBN:978-4-8137-9046-4

異世界ファンタジー

元・平凡OLが巻き起こす、異世界メシ革命

平凡女子のレイラは、部屋で転びあっけなく一度目の人生を終える。しかし…目が覚めると…なんかゴツゴツ…これって鱗？　どうやらイケメン竜王様の背中の上に転生したようです。そのまま竜王城で働くことになったレイラ。暇つぶしで作ったまかない料理（普通の味噌汁）がまさかの大好評!?　普段はクールな竜王をも虜にしてしまい…!?

ISBN:978-4-8137-9047-1